Dieter Gerhard

Àrbol
de la esperanza

oder

Baum der Hoffnung

Die Gesichte
eines Weihnachtsbaumes

Foto Umschlagseite: Gerhard Voss
"Nordmanntanne"

*Bibliografische Information der Deutschen
Nationalbibliothek:
Die Deutsche Nationalbibliothek verzeichnet
diese Publikation in der Deutschen
Nationalbibliografie; detaillierte
bibliografische Daten sind im Internet über
http://dnb.dnb.de abrufbar.*

*Herstellung und Verlag:
BoD – Books on Demand, Norderstedt*

ISBN 978-3-7460-4850-5

Inhaltsverzeichnis:

Àrbol de la esperanza
Baum der Hoffnung

Árbol de la esperanza
oder
Baum der Hoffnung

Prolog:
Die Geburt eines Weihnachtsbaumes

Hallo, dies ist die Geschichte einer Tanne, dessen wissenschaftlicher Name Abies ist, Kosename Abi oder wie die Spanier sagen Árbol de la Esperanza, Baum der Hoffnung.

Sie ist eine immergrüne Pflanze, bei der man sagt, dass sie Lebenskraft verkörpert. Ein erdgebundenes Gehölz, das nicht allzu trockenen Boden liebt, am besten leichten Lehmboden und mit einer Pfahlwurzel und starken Seitenwurzeln ausgestattet ist, um auch bei stärkeren Winden nicht das Gleichgewicht zu verlieren.

Kaum geboren, befindet sie sich auch schon mit Artgenossen ihres Gleichen in der Schule, in einer Baumschule, wo sie ihre eigenen Bildungsreformen haben, wo sie erzogen und gepflegt werden, wo man sie auf ihre zukünftige Aufgabe vorbereitet und wo sie irgendwann dann auch ihren Abschluss machen können. Eine ganz bestimmte Sorte dieser Spezies erhält sogar einen Studienplatz in einem hochherrschaftlichen Garten oder in einem anderen grünen Fortsatz eines Hauses.

Zur allgemeinen Pflege benötigt es keine Pflanzenschutzmittel. Hier wurde zur Baumpflege eine umweltschonende Methode eingesetzt, nämlich Schafe, Shropshire-Schafe aus England. Sie fressen das Unkraut zwischen den Bäumen, aber knabbern - im Gegensatz zu andern Schafrassen - nicht die Bäume selber an. Eine für den Plantagenbesitzer praktische und für die Schafe gute Eigenschaft.

Der Grundstein des irdischen Lebens einer Tanne ist immer der Akt der Zeugung. Das war an einem Tag im April. Mit einer Apparatur, die sich Bodenfräse nennt, wurde ein Acker für die Neubepflanzung vorbereitet. Alte Baumstümpfe und -wurzel, die sich noch im Boden befanden, wurden dabei zermahlen, der Boden aufgelockert und somit das sogenannte Pflanzbett errichtet. Eine Art hochgerüstetes Kinderzimmer für Babybäume.

Der nun abspielende Vorgang und auch die nachfolgenden Abläufe, könnte man insgesamt als Empfängnis bezeichnen oder als modernes Zivilisationsgebaren, als ein fest in das Alltagsleben eingebundenes Ritual.

Die Konzeption erfolgte durch weise Menschen aus dem Land zwischen den Meeren, einer aufgehenden Sonne am Firmament und einigen Hirten einer

Baumschule auf einem geheiligten Feld: auf einem Acker.

Hierbei spielt das Wetter eine wichtige Rolle. Der Boden darf nicht zu feucht und der Wind nicht zu stark sein. Jedes Detail zählt. Die pflanzlichen Embryonen waren vorher durch Austrocknung in eine Art vorläufige Wartestellung gehalten worden, in ein untätiges, verträumtes Dasein, in einem Dornröschenschlaf, der nun zu Erwachen gilt.

Zärtlich mit leicht schwebender Hand, wurden nun die Keimzellen für die schönste Hauptsache der Welt dem Boden zugefügt, wo sie miteinander verschmelzen und eine entwicklungsfähige Zelle bilden konnten.

Dann noch eine letzte sanfte Berührung des Saatbettes durch den Pflanzer, was seinen Puls und den Blutdruck noch mal in die Höhe schnellen ließ und somit den Akt der Einmündung besiedelte.

Hier lagen nun die Samen dicht bei dicht auf einem Acker, wie in einem Swinger Club, wurden von der Außenwelt abgeschottet, um sich ihr Tun hinzugeben. Was dort vor sich geht, blieb der Allgemeinheit bisher verborgen.

In den ersten Wochen entwickelten sich die Embryonen rasch. Für den Erdboden geht nun der Zustand der Entwicklung einer

Pflanze mit großer Umstellung einher, was zwar nicht zu einer ausgeprägten Übelkeit und zu Erbrechen führte, aber mit Wasser, Wärme und Sauerstoffzufuhr verbunden war und so zur Weiterentwicklung des Embryos führte.

Schon bald stellt sich der Erdboden auf die Keimung ein und die Empfindlichkeit der Erdkruste nahm zu, meist einhergehend mit einem Spannungsgefühl. Die Oberfläche hatte sich verhärtet als die ersten Risse entstanden, die sogenannten Dehnungsstreifen, die aufgrund der Dehnung des Bodens auftraten.

Dann - nach Tagen der Ungeduld - endete die Schöpfung des Nachwuchses durch Hervorbringen eines süßen Geheimnisses. Der Stamm einer Pflanze hatte die Oberfläche durchbrochen und sich empor erhoben. Aus einem Keimling ist nun ein Sämling geworden, eine Jungpflanze, ein Babybaum.

Das Ergebnis war dann Monate nach der Aussaat zu sehen und auch die Form des Baumes erkennbar. Ein weicher Stamm mit einer länglichen eiförmigen Knospe an der Spitze und zierlich darunter befindlichen, weichen, harzfreien kleinen Nadeln ließen nun erkennen, dass hier eine Abies nordmanniana, eine Nordmanntanne heranwuchs, ein Weihnachtsbaum.

Die Samen für Nordmanntannen stammen aus dem Kaukasus, aus der Grenzregion zur russischen Föderation. Im Gegensatz zu der mitteleuropäischen Tanne, wo sich die Nordmann mit der Weißtanne bestäubt, dadurch zu einer Mischtanne wird, die nicht nur schneller nadelt, sondern auch nicht so dicht und gerade wächst, gibt es im Kaukasus keine Weißtannen, sodass die Nordmann reinrassig und damit der perfekte Baum zu Weihnachten ist.

Immer mit den Gedanken, dass das Damoklesschwert an nur einem einzigen Pferdehaar über ihnen hängen würde, stürzen sich kaukasische Zapfenpflücker in Lebensgefahr, denn die Zapfen mit den wertvollen Samen befinden sich in der Krone des Baumes, teilweise in über fünfzig Metern Höhe und die, die werden dann per Hand gepflückt.

Doch bevor es der perfekte Baum fürs Wohnzimmer wird, vergehen noch viele Jahre und bis dahin braucht es noch viele Tricks und vor allem einen hochwertigen humos ähnlichen leichten Sandboden.

Ein Jahr nach der Aussaat mussten sie umziehen, die Minitannen brauchten mehr Platz. Mithilfe einer Pflanzmaschine, wo jeder einzelne Baum in ein Schaufelrad geklemmt wird, der die Tannen dann selbstständig in die Erde pflanzt, bekamen sie einen neuen Standort, wo sie langsam heranwuchsen.

Nach annähernd drei weiteren Jahren, zogen sie dann ein letztes Mal um. Mit einer Größe von ungefähr fünfzehn Zentimetern waren sie nun zu einem kleinen Bäumchen herangewachsen und reif für den Weiterverkauf an den Christbaum-Produzenten, wo sie dann die letzten Jahre zu einem perfekten Baum heranwachsen können.

Mit einem Klemmbandroder wurde geerntet. Das ist eine Maschine, wo Klemmbänder über Federdruck gespannt werden - die so ähnlich aussehen wie Keilriemen - und so die Bäumchen vorsichtig, gleichmäßig und präzise, leicht rüttelnd aus der Wiege heben.

Das anschließende Vorsortieren der Pflanzen bestimmt dann darüber, welches kleines Bäumchen zum Weihnachtsbaumproduzenten gelangt und welche nicht. Es ist wie das Aschenputtel-Prinzip: die guten ins Töpfchen, die schlechten ins Kröpfchen. Oder wie die Eröffnung eines Tribunals, die Verlesung der Anklageschrift, die Eröffnung des Hauptverfahrens, der Ablauf des Hauptverfahrens sowie die Beendigung mit der Urteilsverkündung.

Da es sich um ein Naturprodukt handelt, ist nicht jeder Baum wie der andere, sodass eine gewisse Ausschussware unumgänglich ist. Ein Anspruch, der dem Kunden gegenüber erfüllt werden muss.

Aus Erfahrung wissen die Weihnachtsbaumproduzenten, dass es auf einen optimalen Pflanzzeitpunkt ankommt, wo das Bäumchen wieder in die Erde kommt. In schnurgeraden Reihen werden sie in Abständen von einem Meter gepflanzt, Platz genug, um sich nach allen Seiten ausbreiten zu können.

Eine gute Witterung mit trockener Bepflanzungszeit und mit in Kürze darauffolgenden Regen wäre ökonomisch, denn dann kann das Wachstum beginnen, das heißt die Wurzeln werden mit Feuchtigkeit versorgt und hätten damit einen guten Start.

In zirka acht Jahre werden die Bäume eine Größe von etwa ein Meter siebzig bis zwei Meter haben und dann ideal für den Platz vor dem Kamin sein.

Doch bis dahin bedarf es noch einiger Tricks. So muss ein Weihnachtsbaumproduzent schon bei einem kleinen Baum wissen, wie er in ein paar Jahren zur Ernte aussehen soll. Dafür unterliegt der Baum einer

Schönheitsoperation, ein chirurgischer Eingriff ohne medizinische Indikation.

Ein Beauty-Ritual, das nicht nur Pflicht, sondern auch Vergnügen bedeutet. Mit einer Heckenschere kamen sie daher, die Schönheits-Chirurgen, um ihr gesamten Können zur Schau zu stellen, den Formschnitt. Ihnen ist nichts Menschliches fremd und gegen ihr mutiges Herz ist die Loyalität ein Muss. Durch den Formschnitt werden die Triebe des letzten Jahres entfernt.

Es ist der erste entscheidende Arbeitsschritt auf einer Weihnachts-Baumschule, damit der Baum seine ideale Traumfigur erhält, nämlich rund und pyramidal. Ein Blick von oben auf den Baum hernieder, lässt sofort erkennen, an welcher Seite mehr entfernt werden muss und an welcher Seite weniger.

Da Nadelbäume die Eigenschaft haben, ab dem fünften und sechsten Standjahr der letzten Verpflanzung, übermäßig lange Mitteltriebe zu bilden, was zu einem nackten Aussehen des Baumes führen kann oder gar zu einem Giraffen-Baum, werden die Triebe mit einer Topstopp-Zange gezwickt. Damit wird das Höhenwachstum des Leittriebes zunächst gebremst, damit der Baum buschiger, dichter, voller und so ein ausgewogener Abstand zwischen den

Astgrenzen erreicht wird. Eine wichtige Maßnahme für einen perfekten Baum.

Natürlich kann auch mal ein Schnitt daneben gehen, wobei dem oft ein erstauntes "Hoppla" vorausgeht und der Baum dann entsprechend noch weiter verjüngt wird.

Im November beginnt die Hochsaison, der Schulabschluss naht, das heißt, in Kürze werden viele Bäume in einem Alter zwischen zehn und vierzehn Jahren, die allgemeinbildende Baumschule verlassen.

Dazu wurden sie mit farbigen Etiketten versehen, die einmal die Größe und Qualität bezeichnen und außerdem den Mitarbeitern der Baumschule zeigen, wer reif für die Ernte ist.

Es herrscht die Ruhe vor dem Sturm. Für den nächsten Morgen ist der erste Tag für die Ernte vorgesehen.

Bereits zu früher Stunde rückten sie an, die Männer in Schutzkleidung mit den Motorsägen. Für sie gilt es, eine fünfstellige Anzahl an Bäumen zu fällen, sie einzunetzen und an einem Platz am Feldweg zwischenzulagern, wo sie später vom Traktor abgeholt werden.

Die Motorsäge röhrt, Holzspäne schoss in die Luft und dann … dann kippte auch Abi mit den anderen Nordmanntannen um.

Ein ganz besonderes Produkt ist der Weihnachtsbaum im Topf. Sie werden zusammen mit dem Wurzelballen aus der Erde gehoben und in einen Topf gesetzt. Eine alternative, wenn man ohnehin noch etwas Platz im Garten hat.

Allerdings ist das Anpflanzen nicht immer mit Erfolg gekrönt, da zum einen beim Ausstechen des Baumes die wichtige Pfahlwurzel angegriffen wird und zum anderen der Baum die Weihnachtszeit in der warmen Stube nicht so gut verkraftet.

Abgeholzt und eingenetzt lag nun auch Abi mit seinesgleichen am Wegesrand und wartete auf den Transport zu dem Händler, der letztendlich den Baum an den Endverbraucher bringt und damit Familien glücklich machen wird.

Und dann kamen sie auch schon, mit zwei Traktoren. Einer zog zwei Anhänger hinter sich her, der andere war mit einem Auslegearm und einer Greifzange am Heck bestückt. Mit ihr werden die Tannen aufgenommen und für den Weitertransport auf die Anhänger verfrachtet. Allerdings darf die Greifzange beim Fassen nicht ganz geschlossen werden, da man sonst die Zweige beschädigen könnte.

Auf dem Hof des Weihnachtsbaumproduzenten wartete

bereits der Großhändler, der wiederum seine Abnehmer beliefern muss.

Zusammen mit anderen Bäumen landete nun Abi auf einen Marktplatz, umringt von Butiken, Cafés und Supermärkten. Hinter einer Absperrung, die an vier Seiten geschlossen war und auf Sockelfüßen standen, wurden sie zur platzsparenden Lagerung im Netz belassen und aufgestapelt.

Hier beginnt nun die Geschichte.

1. Gibt nicht so an Prollo, du bist nur eine Nordmanntanne

Die erste Nacht verbrachte Abi inmitten diverser anderer Weihnachtsbäume. Gestapelt übereinander lagen sie da und fristeten erst mal ihr Dasein. Ab und zu wurden einige vom Stapel genommen, das Netz entfernt, am Boden aufgestampft, um die Zweige auseinanderfallen zu lassen. Dabei drehte der Verkäufer die Bäume im Kreis und achtet auf kahle Stellen, auf vertrocknete Äste am Ende des Stamms, die er dann noch wegschnitt. Zu guter Letzt, wurde an den Stammenden einiger Bäume jeweils ein Holzkreuz aufgenagelt, um sie dann aufzustellen.

Sie dienten als Anschauungsobjekte und sollten helfen, den passenden Weihnachtsbaum für den Kunden zu finden. Jeder hat da so seine eigene Vorstellung, der eine möchte lieber einen kleinen, zarten Baum, der andere bevorzugt eine große, kräftige Tanne.

Doch damit der Christbaum auch perfekt aussieht, lassen sich viele was einfallen. So gibt es Leute, die Löcher in den Stamm bohren, um die Lücken des Baumes mit einem Zweig zu füllen. Meist sind es diejenige welche, die auf dem letzten Drücker ihren Baum kaufen, weil sie der

Meinung sind, ein Schnäppchen zu machen. Doch da die Auswahl bis dato stark gemindert ist, sind die restlichen Bäume nicht mehr die Makellosesten. Das mindert zwar den Preis, erfordert aber wiederum dann den Kauf von teurem Schnittgut, um den Baum damit aufzufüllen.

Zurzeit ist es noch friedlich, der große Stress fängt erst nächste Woche an, dann wenn der dritte Advent naht.

Das Wetter ist nicht gerade freundlich, es weht ein kühler Wind. Besonders nachts sind gegenwärtig Temperaturen von unter null zu erwarten. Plötzlich waren Geräusche zu hören. Etwas schlich behutsam über die noch in Netzen gelagerten Tannen und versuchte sich zwischen den einzelnen Bäumen hindurch zu zwängen.

Ein total behaartes Wesen kam gekrochen, mit großen Augen, spitzen Ohren und einer kaum vernehmbaren Nase. Es drehte sich dreimal um sich selbst, legte sich dann nieder und schloss die Augen. Dem Anschein nach handelte es sich um ein junges Tier, denn es war klein und zierlich.

Am nächsten Morgen lag das Wesen immer noch eingerollt da. Sein kleiner Bauch hob sich auf und ab. Ab zu und zu zuckte es mit der Pfote, so, als wenn es unmittelbar jemanden gegenübersteht und mit einer peitschenartigen Bewegung dem eine Ohrfeige verpasste.

Plötzlich wurde es wach. Es schlug die Augen auf und streckte die Nase in die Luft. Jetzt erst erkannte man, um was für ein Wesen es sich handelte. Es war eine Katze, eine zimtfarbene Katze mit einer M-förmigen Zeichnung auf der Stirn und einem etwas traurigen Gesichtsausdruck.

»Hallo, wer bist du denn?«, fragte Abi, der noch eingenetzt im Stapel mit seinesgleichen lag.

»Ich bin eine Katze, das sieht man doch wohl, oder?«

»Äh … du bist eine richtige Katze?«

»Ja was meinst du denn, vielleicht ein Pferd, dass Bäume hochreiten kann?«

»Wie heißt du denn?«

»Tommy, warum?«

»Nur so. Ich bin eine Nordmanntanne. Man bezeichnet mich auch, als ein Baum der Geschenke bringt. Schon bald werde ich mit bunten Kugeln, Kerzen, Lametta, Strohsternen und vielleicht sogar mit kleinen Süßigkeiten geschmückt in einem warmen Wohnzimmer stehen und eine ganze Familie mit meinem Aussehen erfreuen.«

»Das ist schön für dich«, bemerkte Tommy

»Und was wirst du machen?«

»Ich weiß noch nicht. Bisher habe ich mit meinen Geschwistern bei meiner Mama gelebt. Schön war es da gewesen, aber plötzlich waren meine Geschwister weg und Mama hatte sich nicht mehr um mich gekümmert. Kurz darauf verstarb sie dann auch noch und ich musste lernen, Nahrung zu finden. Plötzlich auf eigenen Füßen zu stehen, das war schon eine harte Zeit.«

»Du musst nicht traurig sein. Du kannst bei mir bleiben.«

»Bei dir? Du wirst bald in einer warmen Wohnung sein und ich? Ich lebe weiterhin auf der Straße. Weißt du, was es heißt auf der Straße zu leben, von Hunden gejagt und von Menschen mit dem Fuß gestoßen zu werden und immer wieder die Worte "Hau ab" zu hören?«

»Nein, das weiß ich nicht. Aber hier wird dich keiner mit Füßen stoßen und solange ich hier bin, wirst du einen warmen Schlafplatz haben.«

Etwas mutlos setzte Tommy sich auf das Ende eines Baumstammes, auf einen, der über die Anderen besonders weit herausragte und schnaufte tief durch. Es war noch dunkel. Die ersten Füße mit dicken

Winterstiefeln liefen am Bauzaun vorbei. Leicht fing es an zu schneien und langsam legten sich die weißen Flocken auf seinem Fell nieder. Er schüttelte sich und das kalte Nass viel zu Boden.

»Danke«, sprach Tommy nach geraumer Zeit, »aber ich habe jetzt erst einmal Hunger.«

»Wo kriegst du denn was zu essen her?«

»Ach weißt du, im Moment sind überall Märkte, wo Menschen essen und Reste in den Abfalleimer werfen. Es ist nicht schön so zu leben, aber was soll ich machen? Das Leben ist schwierig und hart. Wenn man dir Zitronen gibt, dann versuch Limonade daraus zu machen.«

»Kommst du wieder?«

»Mal sehen.«

»Tschüss Tommy.«

»Mhm.«

Die Katze verschwand. Still war es geworden und auch schon bald wurde es Hell. Der Verkäufer kam, öffnete das Vorhängeschloss einer Kette, die zwei Bauzäune zusammen hielt und sprach:

»Guten Morgen meine lieben Weihnachtsbäume. Schön wieder bei euch zu sein.«

Er hatte ein Strahlen in den Augen, als ob er guter Dinge war. Dabei lächelte er und hatte einen zuversichtlichen freudigen Gesichtsausdruck. Dann schaute er sich um, reckte sich mit beiden Armen ausgiebig nach allen Seiten und beschnüffelte die Luft.

»Man ihr riecht immer so gut«, sprach er dann weiter, »so nach Fichte, Tanne und Kiefer; nach aromatischen würzigem Harz, angenehmen duftenden Waldaroma und Citrus-Früchten; nach Glühwein, Lebkuchen und Kerzen. Ich könnte mich so den ganzen Tag in euch hineinlegen.«

Dabei zog er unter einem Stapel von Tannen den Verpackungstrichter hervor, ein Gerät, wo Tannenbäume eingenetzt werden, um sie für den Transport besser zu handle.

Es wurde Vormittag. Die ersten Kunden des Tages kamen, streiften zwischen den Tannen und Fichten umher, trafen eine Vorauswahl, wägten dann wieder ab, diskutierten und verschwanden dann wieder, manchmal mit Baum und manchmal auch ohne.

Eine ältere Dame schaute sich um. Sie suchte einen kleineren Baum, den man auf einen Tisch stellen konnte. Es dauerte lange, bis sie einen einigermaßen geeigneten Baum fand.

»Sehr schön, der könnte mir gefallen«, sprach sie. »Doch an der einen Seite könnte er etwas voller sein.«

»Kein Problem«, entgegnete der Verkäufer, sortierte einige aus und holte dann eine fast zwei Meter hohe Tanne hervor. Er schlug sie mehrmals auf den Boden auf, drehte sie im Kreise und sprach dann weiter:

»Und wie ist es damit?«

»Junger Mann, ich hatte doch gesagt einen Kleinen für den Tisch. Der ist doch viel zu groß für mich.«

»Das weiß ich gnädige Frau. Aber gefällt er ihnen bis …, na sagen wir mal bis hierher?«

Dabei stieß er mit der Handkante mittig gegen den Stamm des Baumes und ließ ihn dabei im Kreise drehen.

»Der ist schon schön gewaschen, ja der könnt mir gefallen.«

»Gut dann schneide ich ihn hier ab.«

»Ja aber …«

»Keine Angst«, unterbrach er sie. »Sie kaufen nicht den kompletten Baum, sondern nur die Hälfte. Demzufolge zahlen sie auch nur den halben Preis, nicht mehr als wie sonst ein kleiner Baum kosten würde.«

»Aber die andere Hälfte können sie doch nicht mehr als Weihnachtsbaum verkaufen, dann machen sie doch Verlust.«

»Nicht wirklich. Die Zweige der unteren Hälfte kann ich als Schnittgrün verkaufen und damit habe ich dann wieder meinen vollen Preis, na ja so halbwegs zumindest.«

»Ach was sind sie nur bescheiden«, entgegnete die Dame.

»Ich will ihnen mal eine Geschichte erzählen. Ein Familienvater bekam die Order von seiner Frau am Heiligabend schnell noch einen Tannenbaum zu kaufen. Allerdings war es schon so spät, dass überall die Bäume bereits ausverkauft waren. Gedankenversunken machte der Familienvater sich wieder auf den Weg nach Hause, als plötzlich ein voll mit Tannenbäumen beladener LKW, mit erhöhter Geschwindigkeit um die Ecke kam und in die nächste Straße einbog. Dabei verlor er einen Tannenbaum.

Da kein Mensch auf der Straße zu sehen war und auch der Fahrer diesen Verlust nicht bemerkte, bezeichnete er es als eine himmlische Eingebung, nahm den Baum und ging freudestrahlend nach Hause. Unterwegs rief ihm auf einmal ein Mann hinterher, wo er denn den Baum her hätte, er bräuchte auch einen für seine Kinder und konnte nirgendwo einen finden.

Der Familienvater erzählte von seiner vermuteten himmlischen Eingebung, worauf der Mann bat, ihm wenigstens ein paar Zweige zu überlassen, um nicht in die traurigen Augen seiner Kinder blicken zu müssen, wenn er mit leeren Händen Heim kommen würde.

Kurz überlegt, nahm er den Mann zu sich nach Hause und im Keller fingen sie an, den Baum der Länge nach in zwei Hälften zu teilen. Das anschließende staunen der jeweiligen Familien war enorm. Dennoch waren sie glücklich und zufrieden und als die Baumhälften weihnachtlich geschmückt an den Wänden des Wohnzimmers standen und sie genussvoll den Geruch von frisch gebratenen Fleisch und Mandelplätzchen verspürten, da wussten sie, das Leben konnte nicht schöner sein.«

»Sehr schöne Geschichte«, meinte die Dame. »Man könnte denken, sie wären der Vater gewesen. Frohes Weihnachtsfest.«

»Ihnen auch ein frohes Weihnachtsfest.«

Danach nahm die Dame ihren Tannenbaum und ging des Weges daher.

Ja er war schon ein gutmütiger Mensch. Es ging ihm nicht nur ums Geld, nein! Bei seiner Großherzigkeit ging es ihm um das miteinander, denn Weihnachten steht vor der Tür und das heißt, Fremde so zu behandeln, als wären es Freunde, einfach für andere da zu sein, um was Gutes zu tun. Der Rest würde sich dann von ganz allein ergeben.

»Hab ich euch schon mal erzählt, wie ich meine Frau kennengelernt hatte?«, sprach er zu den Tannen, als mal wieder Ruhe beim Verkauf einkehrte, er auf seinen Hocker saß und genüsslich einen Kaffee aus seiner Thermoskanne schlürfte.

»Nein? Passt auf! Seht ihr den Frisörladen da drüben? Da hatte mal eine Frau gearbeitet, Mann war das ein Weib. Attraktiv, charmant, zierlich gebaut, mit dunklen kurzen Haaren, wundervollen blauen Augen und einer Figur, wo man auf die Knie fallen muss, um Gott zu danken, dass man ein Mann ist.«

Immer wieder erzählte er den Tannen Anekdoten aus seinem Leben, so, als wenn er vor dem Publikum einer öffentlichen Veranstaltung stand und Geschichten erzählte, wobei jedes Mal der Applaus für die Erzwingung einer Zugabe ausblieb. Es waren teils schöne, teils lustige, teils aber auch herzbewegend Ereignisse.

Er meinte mal, dass seine Mutter behaupten würde, dass nicht nur ein Gespräch mit den Pflanzen, sondern auch das Loben zu einem grünen Daumen verhelfen könnte. Ja auch seine Oma hatte ihren Gummibaum beim Abstauben immer gelobt, wie schön er denn aussehen würde und er sah wirklich gut aus.

Pflanzen sind nun mal auch Lebewesen, wie man weiß und wenn eine Pflanze - und damit nicht nur Tannenbäume, sondern alle Pflanzen - etwas mitteilen wollen, dann werden sogenannte Botenstoffe ausgesendet. Diese werden von anderen Pflanzen aufgenommen und entsprechend weitergeleitet. Damit kann man zum Beispiel auch Insekten anlocken, die dann Schädlinge vertreiben oder gar vernichten.

»Eines Tages«, fuhr er weiter fort. »Eines Tages, ich stand hier mal wieder auf meinen Tannenbaumstand, da nahm ich all meinen Mut zusammen und ging rüber. Ich fragte, wann sie denn Mittagspause hätte und ob sie dann mal kurz zu mir rüberkommen könnte. Sie willigte ein. Ich hatte nämlich eine Idee. Bei dem Chinesen auf der anderen Seite, bestellte ich Essen und bat, es mir rechtzeitig zur Mittagspause rüber bringen zu lassen.

Einen Tisch mit zwei Stühlen hatte ich mir bereits besorgt, diesen mit Tischdecke und Kerzen dekoriert und dann auf sie gewartet. Ihr glaubt gar nicht, wie feucht meine Hände waren und das bei Temperaturen kurz über den Gefrierpunkt.

Dann kam sie. Mein Herz schlug so laut, dass es jeder im Umkreis von hundert Metern hören müsste. Puh war ich nervös. Zum gleichen Zeitpunkt kann auch schon der Chinese und brachte das Essen. Sofort zündete ich die Kerzen an und stellte die Suppenbecher und Menüboxen an ihre Stellen.

»Oh du kriegst Gäste«, bemerkte sie beim Näherkommen. »Da will ich nicht stören.«

»Nein nicht Gäste, nur Gast und der ist jetzt da.«

»Wer? Ich?«

»Ja!«

Mit weit geöffneten Augen und einem leicht geöffneten Mund blickte sie zu dem Tisch, dann zu mir, zum Tisch und wieder zu mir und …, ich glaube, sie spürte, dass ich der Mann war, der ihr gefährlich werden konnte. Ja sie war eine tolle Frau.«

Er saß immer noch auf seinen Hocker und hatte sich gegen die weichen Tannenzweige einer Douglasie gelehnt; blickte dabei zum Himmel, sah die grauen Wolken, aus denen gemächlich dicke weiße Schneeflocken auf sein Gesicht fielen und sofort zu schmelzen anfingen.

Eine berührende Stille lag für einen Augenblick in der Luft, eine Stille, wo selbst Schritte im frisch gefallenen Schnee nicht zu hören waren. Dann stand er auf und nahm einige Tannenbäume von Stapel. Einige Anschauungsobjekte haben durch den Verkauf abgenommen und müssten nun wieder aufgebaut werden.

Dabei kam auch Abi zum Vorschein. Mit einem Cutter schnitt der Verkäufer vorsichtig das Netz auseinander, klopfte den Stamm mehrmals auf den Boden auf und ließ dann die Tanne im Kreis drehen.

»Hey, du bist ja wunderschön gewachsen, sehr gleichmäßig und von der Spitze bis zum Fuß dicht mit Ästen und Zweigen bestückt.«

Mit weiten Augen, gehoben Augenbrauen und leicht geöffneten Mund rotierte er Abi immer wieder im Kreis. Für ihn war es der schönste Weihnachtsbaum, den er je verkaufen wird.

»Halt Stopp«, sprach er zu sich. »So was wie dich verkauft man nicht. Du kommst zu mir nach Hause.«

Daraufhin verschriftete er ein Etikett, befestigte es an der Spitze und stellte ihn neben einer Blautanne.

»Hey«, stellte sich die Tanne vor. »Ich bin eine Abies nordmanniana, du kannst mich ruhig Abi nennen.«

»Gib nicht so an, Prollo. Du bist eine Nordmanntanne aus dem Kaukasus. Ich hingegen bin eine Picea pungens.«

»Hört sich an wie eine Stadt in China.«

»Ich bin eine Fichte, eine Blau-Fichte und komme aus der Familie Piceoideae.«

»Aha, aber ein Baum bist du schon, oder?«

»Natürlich bin ich ein Baum, ein Baum der edleren Sorte.«

»Und warum stehst du nicht im Wald?«

»Weil ich hier auf meinen Abnehmer warte, um dann am Heiligabend voll behangen mit Nüssen und Früchten in einer Villa zu leuchten.«

»Ha, ha, ha und du meist, da kommt einer extra aus Schnöseldorf, um dich von hier abzuholen? Hey Schlaffi, guck dich doch mal an. Du siehst aus wie ein Treppenhaus, etagenförmig gewachsen und bist schon dabei, die ersten Nadeln abzuschmeißen. Man nennt dich auch Baum der Mutigen, weil du ein Pieksbaum bist.«

»Dafür sind meine Zweige aber kräftig und können sogar schweren Baumschmuck und echte Kerzen tragen. Bei dir kann man ja nur Strohsterne anhängen, damit du nicht umfällst.«

»Mag ja sein, ab sieh mich an, ich habe weiche, glänzende tiefgrüne, nicht stechende Nadeln und einen gleichmäßigen Wuchs. So was lieben die Menschen. Und für die Beleuchtung, da gibt es tolle Lichterketten.«

»Hä, hä, hä. Zu einem besinnlichen und romantischen Weihnachtsfest gehören nun mal echte Kerzen und keine Beleuchtung wie eine aufgedonnerte Discopalme.«

»Sehr witzig. Weißt du, was du kannst? Ein Glas Wasser kannst du mir reichen, aber das Wasser hingegen nicht.«

»Ey ihr Dumpfbacken«, mischte sich eine Douglasie ein, bevor es noch weiter eskalierte. »Hört auf zu meckern. Es ist egal wie wir aussehen, jeder stellt sich doch seinen perfekten Weihnachtsbaum anders vor. Der eine möchte eine schmale Tanne, der andere wiederum eine breite. Einer bevorzugt eine Blaufichte, der andere wiederum eine Nordmanntanne. Doch eins steht fest, wir sind alle Weihnachtsbäume und gelten in dieser düsteren Jahreszeit als Symbol für neues Leben sowie die Kerzen oder auch Lichterketten, mit denen man uns schmückt, als Hoffnung auf mehr Licht.«

Es wurde still, keiner der Bäume sagte etwas. Ja wie Recht doch die Douglasie hatte. Weihnachten ist das Fest der Liebe, der Freude, des Schenkens. Weihnachten ist dafür da, sich und andere etwas Gutes zu tun, nicht um sich zu streiten, lieber mit anderen zu teilen.

»Entschuldige Picea«, sprach die Nordmann. »Doug hat recht, es tut mir leid.«

»Ist schon okay Abi. Ich hätte mich nicht zu einem Disput einlassen sollen. Im Endeffekt ist es wirklich egal, in welchen Haushalt wir landen. Hauptsache ist, wir verbreiten Freude.«

Und so kehrte wieder Ruhe unter den Tannenbäumen ein.

2. Eine Katze und ein Weihnachtsbaum wurden Freunde

Der Tag nahm langsam sein Ende. Früh wurde es schon dunkel und frühzeitig schalteten sich die Straßenlaternen ein und ließen die herabfallenden Schneeflocken weich durch das Licht gleiten.

»Jungs«, sprach der Tannenbaumverkäufer, »ich habe eine Neuigkeit für euch. Ich habe einen tollen Weihnachtsmann gefunden mit einem richtigen dicken Bauch, Falten um die Augen und einem gutmütigen Lächeln auf den Lippen. Morgen wird er kommen mit weißem Rauschebart, roter Kutte und Schwarzen Stiefeln. Ein perfekter Weihnachtsmann. Er wird auf einen kleinen Thron sitzen und die Weihnachtswünsche der Kinder entgegennehmen.«

Dabei zeigte er mit dem Zeigefinger auf die Fläche, wo derzeitig Doug, Picea und Abi standen und formte gleichzeitig mit dem Finger eine viereckige Fläche.

»Wie findet ihr das? So was lockt Familien mit Kindern an und wenn sie schon mal da sind, werden sie sich sicherlich gleich nach einem Baum für die Feiertage umschauen. Für heute ist aber erst mal Schluss. Ich wünsche euch eine gute Nacht. Schlaft gut, wir sehen uns morgen.«

Er schob die beiden Torelemente zusammen, zog eine Kette hindurch und sicherte diese durch ein Vorhängeschloss. Dann schlug er seinen Kragen hoch, schaute noch mal kurz in den Himmel, ließ dann seine Hände in der Jacke verschwinden und man hörte nur noch Schritte, die sich entfernten.

Still war es geworden, so still, als wenn alles um einen herum verschwunden ist. Kein Haus, kein Auto, kein Mensch. Eine Stille, die hoffnungsvoll auf den nächsten Morgen wartete oder wie eine Stille, als wenn man sich in einem Meditationsraum der Ruhe und Ausgeglichenheit befindet. Nur der Mond versuchte sich durch die mit Schnee beladenen Wolken hindurchzuzwängen, was ihm allerdings nur ab und zu mal gelang.

Doch plötzlich wurde die Stille unterbrochen. Geraschel war zu hören, dann das Klappern des Bauzaunes, als wenn zwei Metallteile gegeneinander scheuerten.

Es war Tommy, die Katze.

Da die Standrohre des Bauzauns auf Betonsockel standen, versuchte er sich unter durch zu schwängen. Dabei brachte er den Zaun zum Schwingen, sodass die Standrohre an den miteinander verbundenen Verbinder kratzten und so diese Geräusche verursachten.

»Meine Güte Tommy«, rief die Nordmanntanne, »was hast du mich erschreckt. Wo kommst du denn her? Ich hätte nicht gedacht, dass du wieder kommst.«

»Hab mir es halt anders überlegt. Außerdem hast du ja gesagt, dass ich hier einen warmen Schlafplatz habe.«

»Na klar, das habe ich gesagt. Und …, hast du was zum Fressen gefunden?«

»Hm … ja … berauschend war es nicht. Ein scharf gewürztes Stück Wurst und ein weggeworfener Berliner. Ach ja und so ein kleines Mädchen hatte mir noch mit solch komischen Kartoffelstreifen versucht zu füttern. Schmeckten ekelhaft, bäh. Jetzt bin ich müde.«

»Du morgen kommt der Weihnachtsmann hierher.«

»Wer?«

»Na dieser dicke Mann, der immer zu Weihnachten auftaucht und versucht, den Kindern alle Wünsche zu erfüllen.«

»Hä?«

»Na dicken Bauch, weißen Bart, roten Mantel, krabbelt durch Schornsteine, isst Kekse und trinkt Milch. Manche nennen ihn auch Santa Claus, ich glaube, das ist so ein Pseudonym oder sein Nickname.«

»Ach ja, den habe ich gesehen, der stand vorhin noch am Supermarkt und hatte eine Glocke in der Hand. Später sah ich ihn in einem Auto sitzen. Vorgestern war er in so einer Boutique und hat Schokolade an die Kunden verteilt, am Nachmittag sah ich dann, wie er mit einem Sack auf dem Rücken in einem Haus verschwand.«

»Wow, der hat aber viel zu tun. Morgen soll er hier bei uns sein.«

»Und was will der morgen hier?«

»Na vielleicht Geschenke bringen und Wünsche erfüllen. Frag ihn doch mal, ob er nicht ein Zuhause für dich hat, ein warmes Zuhause. Vielleicht kann er dich auch zu sich nehmen.«

»Hallo, einer der so gekleidet herumläuft? Rot? Das ist doch was für Mädchen und so einer soll mir ein Zuhause vermitteln? Vielleicht sogar bei ihm? Und als Dank laufe ich dann auch mit einer roten Kutte rum und darf für ihn beim Geschenke austragen helfen oder was?«

»War ja nur mal so eine Idee.«

»Du kannst Ideen haben.«

»Na gut, vergiss es einfach, Gute Nacht.«

»Ja du auch … hä-hä-hä, der Weihnachtsmann als Immobilienmakler, tsts-tsts-tsts!«, schnalzte er noch hinterher und kroch dabei tief in den Stapel der noch vorhandenen Tannenbäume hinein.

Stille trat wieder ein, eine unheimliche Stille, die mit der Dunkelheit kommunizierte, die sich wie eine schwarze Decke über den Marktplatz gelegt hatte.

Dann, der Mond schien im Zenit zu stehen, es musste also Mitternacht gewesen sein, als wieder klappernde Geräusche zu hören waren. Zwei Männer standen am Bauzaun, schauten durch das Gitter und flüsterten dabei.

»Also insgesamt vier Stück, zwei große und zwei kleinere.«

»Ja, ja, Napoleon war auch klein, hatte aber eine große Persönlichkeit. Ich werde das nehmen, was mir zwischen die Finger kommt. Kürzen kann man sie immer noch.«

Dabei griff einer der Männer in die Maschen des Zaunes, zog sich hoch und nahm seine Füße als zusätzliche Kletterhilfe. Oben angekommen schwang er sich rüber und landete in gehockter Stellung auf dem Boden.

»Suche aber ein paar Vernünftige aus«, flüsterte er. »Nicht solche lächerlichen Halleluja-Besen wie letztes Jahr, die kaum Äste und Zweige hatten und sofort anfingen zu Nadel.«

»Komm doch selber rüber und such dir welche aus, du Schlaumeier. Ich kann sie dir auch alle rüber werfen, dann kannst du sie alle in eine Reihe stellen und die Schönsten mit einer roten Schleife versehen.«

»Nun fang doch nicht gleich an zu heulen, du weiß doch was ich meine.«

»Was?«

»Was, was?«

»Was soll ich wissen, was du meinst?«

»Äh … ach vergiss es einfach! Suche einfach ein paar Vernünftige aus.«

»Da kannst du dein Ar … autsch«, er stolperte über einen Haufen, stürzte, riss einige Tannen mit und landete schließlich auf allen Vieren.

»Scheiße«, rief er.

»Hast du dir weh getan?«, fragte der andere vor dem Zaun.

»Nein du Dösbaddel, ich lege mich immer hin, wenn ich Tannenbäume aussuche. Au, autsch, ausgerechnet auf so eine dämliche Fichte muss ich fallen, die sticht. Auuaaa scheiß Nadeln!«

»Schwester Beate, bitte sofort in den OP!«, bemerkte der andere kichernd.

»Ha-ha-ha, Sonntag habe ich Zeit, da lach ich dann darüber.«

Er erhob sich, schaltete seine Taschenlampe an und beleuchtete seine Hände, die nicht nur von den harzigen Zweigen klebten, sondern zusätzlich noch von den spitzen Nadeln mit rötlichen Flecken übersät waren. Dann schaute er sich um, um zu sehen, worüber er gestolpert war, sah einen Haufen von Tannenzweigen und schoss diesen mit einem beeindruckenden Vollspann auseinander.

»Du es fängt an zu schneien«, bemerkte der Mann vor dem Zaun auf einmal, »ausgerechnet jetzt. Sollte es heute Nacht nicht trocken bleiben?«

»Sag mal, bin ich der Wetterfrosch? Woher soll ich das wissen? Vielleicht ist es der Klimawandel.« Dabei ging er zu den aufgestellten Tannen und leuchtete sie an.

»Na ja, die ganzen Weihnachtsbäckereien blasen ja auch nicht gerade Zuckerwatte in den Himmel«, entgegnete ihm sein Kollege.

»Gar nicht so schlecht die Bäume.«

»Las sie stehen, nimm lieber eingenetzte«, bestimmte sein Kollege. »Die kann man besser transportieren.«

»Ey, das ist eine Douglasie, glaub ich zumindest. Das ist ja mal was anderes als immer nur so eine nordische Waldbraut.«

Dabei fühlte er die Tannenspitzen des Baumes, nahm ihn hoch, stieß mit dem Fuß das Holzkreuz ab und wuchtete ihn über den Zaun.

»Der ist für mich«, bemerkte er dabei und ging auf die anderen Tannen zu, die neben der Douglasie standen.

»Hier ist noch so ein toller Baum mit weichen Nadeln. Ist der nicht toll gewachsen?«

Er stand vor Abi, leuchtete ihn mit seiner Taschenlampe an, von der Spitze bis zum Stammende und wieder zurück, sah ihn sich von allen Seiten an. Dann kam er ganz nahe und bemerkte das Etikett an der Spitze. Er drehte es sich so hin, dass er es im Schein der Taschenlampe lesen konnte.

»Hier steht, dass er reserviert ist, hä, hä, hä, ja reserviert für mich, das weiß nur noch keiner.«

»Beeil dich und halte keine langen Vorträge«, wisperte der andere.

Mit einem Griff mitten in die Tanne, hob er sie hoch und war gerade dabei, auch hier das Holzkreuz mit der Hacke abzutreten.

Doch er hatte nicht mit Tommy gerechnet. Der hatte alles mitverfolgt und mit knurrenden Geräuschen, fürchterlichem Fauchen und einem Buckel, bei dem selbst Quasimodo erblassen würde, kroch er hervor. Noch bevor lokalisiert werden konnte, wer die Geräusche von sich gab und vor Allem woher sie kamen, sprang Tommy den Mann an.

Mit seinen verschiedenen Retuschierwerkzeugen, wie zum Beispiel kräftige Kiefermuskeln und Reißzähne, mit den Muskelstränge, Sehnen, Knorpel und auch Knochen durchtrennt werden können, sowie den messerscharfen Krallen, die man auch als einzigen Problemlöser ohne Waffenschein bezeichnen kann, krallte er sich in die Daunenjacke des Mannes fest, riss sie dabei auf, sodass das Futter herausquoll und fauchte ihn herausfordernd, aggressiv und feindselig an.

Erschrocken und ängstlich wich der Mann zurück, ließ die Tanne vor Schreck los, die daraufhin mit dem Kreuz so unglücklich aufschlug, dass sich der Befestigungsnagel daraufhin verzog und der Baum nun schief dastand.

Derweil versuchte der Mann, dieses Unwesen mit beiden Händen von sich zu wehren, es abzustreifen, sich davon zu befreien. Doch Tommy hatte sich so fest gekrallt, dass jede Zerrerei nur noch größere Wunden in der Jacke verursachten und sich tiefer bis auf die nackte Haut durchbohrten.

»Ey hau ab du Mistvieh«, schrie er. »Lass mich los, au, auuu, aua, a-u-a, du dummes Vieh, lass mich los, autsch.«

Der Mann wankte zum Zaun, zog sich an den Maschen hoch und erst als er die oberste Querstange erreicht hatte, ließ Tommy von ihm ab. Der Mann hingegen schwang sich herüber und landete stolpernd auf den Boden.

»Was war das für eine zwielichtige Gestalt?«, fragte der andere.

»Keine Ahnung, das war eine Bestie, ein Tiger, ein Löwe oder so. Der hätte mich fast zerfleischt. Guck mich mal an, wie ich aussehe. Meine ganze Jacke ist hin. Los nichts wie weg hier.«

Schnell griff er sich noch die Douglasie und schon liefen sie fluchend und Hände gestikulierend dahin, die beiden Diebe.

»Man Tommy, du bist ja mutig.«

»Habe ich für dich gemacht.«

»Für mich?«

»Ja, ich hatte gehört, dass die dich mitnehmen wollten und das konnte ich doch nicht zulassen.«

»Warum nicht?«

»Warum nicht, warum nicht. Weil …, weil du der Einzige bist, der mich nicht weggejagt hat. Du hast mir sogar einen Platz zum Schlafen gegeben, auch wenn es nur noch für ein paar Tage ist. Ja und dafür danke ich dir und … na ja … du jetzt mein Freund.«

»Danke das hast du nett gesagt Tommy, da freue ich mich drüber. Aber auch du sollst wissen, dass du mein Freund bist.«

»Nun werde nicht gleich sentimental. Ich gehe erst mal wieder schlafen. Gute Nacht.«

»Ja du auch.«

Abi und Tommy waren Freunde geworden. Leider nur für kurze Dauer, denn ein Weihnachtsbaum erlebt zwar wunderschöne Tage, doch wenn er erst mal Millionen von Nadeln verliert, dann ist alles vorbei.

3. Die lebhafte Erzählung eines fast gelungenen Coups

Kurz nach Tagesbeginn kam der Verkäufer und wunderte sich, dass die Douglasie vor der Abzäunung stand.

»Haben deine Kollegen dich rausgeekelt?«, fragte er scherzhaft.

Dabei schloss er den Stand auf, schob die zwei Elemente auseinander, nahm die Douglasie und blieb plötzlich stehen. Schlagartig fiel ihm die Douglasie wieder aus der Hand, als er das durcheinander bemerkte. Mit den Armen in den Hüften abstützend, schaute er sich um und sah unter anderem, dass seine für ihn reservierte Nordmanntanne ganz woanders stand und das diverse aufgestellte Bäume umgefallen waren, sowie sein Stapel Schnittgut zerstreut umherlag.

»Ey was ist denn hier passiert?«, erwähnte er.

Es brauchte noch einen Augenblick, bis er dann endgültig realisierte, was wirklich Geschehen war. Fassungslos stand er da und fragte sich, welcher Surrealist sich denn hier fröhlich ausgetobt hatte.

»Was ist hier passiert?«, fragte er nochmals und stand da, als wenn jeden Moment ein Ansturm von Antworten auf ihn niederrieseln würde. Dabei ging er auf die schiefe Nordmanntanne zu, griff sie sich und bemerkte:

»Wenn ich mich nicht irre, dann hatte ich dich gestern doch hierher gestellt.«

Dabei stellte er sie auf ihren ursprünglichen Platz zurück. Erst jetzt bemerkte er, dass sie leicht in Schräglage stand, worauf er versuchte sie durch Zurechtrücken und Rütteln in ihre ursprüngliche gerade Position zu verbringen.

Doch vergebens, sie neigte sich immer wieder zur Seite. Erst beim genaueren hinschauen bemerkte er, dass der Nagel, der das Holzkreuz mit dem Stamm verband und so als Ständer dienen sollte, verbogen war.

»Ey das geht ja gar nicht«, sprach er zu dem Baum. »Mit dem Schuh kann man doch gar nicht richtig stehen. Das sieht ja aus, als wenn Oma mit Rollschuhen über eine Eisbahn schlittert.«

Er legte die Tanne auf die Seite und in dem Moment kam eine Taschenlampe zum Vorschein, offensichtlich hat der Dieb die Lampe verloren, als die Katze in ansprang. Er hob sie auf, knipste sie mehrmals an und aus, und stellte fest, die Batterien schienen leer zu sein.

»Hm …«, bemerkte er, »das sieht so aus, als wenn ihr heute Nacht Besuch bekommen hattet, dass Diebe am Werk waren und Tannenbäume gestohlen haben. Das würde auch die Douglasie vor dem Zaun erklären. Die hatten sie wohl vergessen mitzunehmen oder, sie wurden gestört.«

Dabei ging ihm durch den Kopf, was wohl wäre, wenn man alle Tannenbäume gestohlen hätte? Just dachte er an all die Kinder, für die er nun keinen Weihnachtsbaum mehr hatte, unter dem man hätte die Geschenke legen können. Von Rom bis zur Nordseeküste kennt man den grünen Baum als Symbol der Lebenskraft, des Glücks und des Wohlergehens.

Festlich erleuchtet sorgt er für den weihnachtlichen Glanz in Wohnstuben, auf öffentlichen Plätzen, Straßen, Büros oder gar als Miniatur im Cockpit eines LKWs. Selbst an Baukränen sind sie zu finden, die immergrünen Nadelbäume mit ihrem typischen Duft. Was wäre also Weihnachten nur ohne sie? Eine Frage, die wohl offen bleibt.

Leicht erregt über diese infame Vorstellung fing er an, seinen Baumbestand zu checken. Er hatte sich alles genau aufgeschrieben, wie viele Bäume gekauft wurden und wie viele verkauft wurden. Glücklicherweise - und das warf ein etwas freundlicheres Licht auf das Geschehen - schien es so, als wenn kein Baum fehlte.

»Scheint so, dass die Nacht Augen hatte, keiner von euch fehlt«, sprach er. »Puh, da bin ich aber froh. Hätte nicht gedacht, dass jemand die Nerven besitzt und meinen Kunden mit so einem Diebstahl das Weihnachtsfest versauen würde.«

Im selben Augenblick fuhr ein Polizeifahrzeug mit Blaulicht und Sirene vor. Zwei Polizisten steigen aus und betraten die Verkaufsfläche.

»Moin«, sagte einer der Polizisten, der andere nickte nur.

»Moin Herr Wachmeister. Na Tannenbaum für die Wache gefälligst? Einen Diensttannenbaum mit einer ausreichenden Anzahl an Ästen, nach Möglichkeit dicht bewachsen und mit Nadeln, die nicht von alleine abfallen?«

»Ne, sind sie hier der Chef?«

»Ja warum?«, antwortete der Verkäufer darauf etwas bedenklich, skeptisch und neugierig zugleich.

Die Polizisten erzählten das Anliegen ihres Besuches und was in der Nacht vorgefallen sei.

Zwei Männer fuhren mit überhöhter Geschwindigkeit die Landstraße entlang, als sie von einem anderen Fahrzeug seitlich gerammt wurden. Das Fahrzeug wurde zur Seite geschleudert und blieb daraufhin in einer Schneewehe stecken.

Der Fahrer des einen Fahrzeuges schimpfte und auch die beiden Männer des mit überhöhter Geschwindigkeit fahrenden Fahrzeugs hielten sich nicht zurück:

»Ich hau dir gleich auf die Fresse du Klappstuhl«, entgegnete einer der beiden Männer.

»Du hast wohl deinen Führerschein aus der Cornflakes-Packung oder was?«

»Sag mal, hat deine Mutter kein normales Kind geboren, dass du solche dämlichen Fragen stellst? Versuch erst mal fahren zu lernen.«

»Das ist doch nicht meine Schuld! Wenn du zu blöd bist, dich an die allgemeinen Verkehrsregeln …«

»An die allgemeinen Verkehrsregeln? Um diese Uhrzeit hast du gar nicht auf der Straße zu sein, sondern bei Mami im Körbchen zu liegen, du Blindflugakrobat.«

Das reichte nun, meinte der einzelne Fahrer, nahm sein Handy und rief die Polizei. Binnen kürzester Zeit waren sie am Unfallort. Sie ließen sich den Sachverhalt von beiden Seiten erklären, ohne dass sie sich gegenseitig widersprachen.

»Okay Verkehrsunfall ohne Personenschaden. Dann bitte mal ihren Führerschein, die Fahrzeugpapier und den Personalausweis.«

Nun war guter Rat teuer, denn von den Zweien hatte weder der eine noch der andere irgendwelche Papiere bei sich.

»Steigen sie bitte aus«, sprach einer der Polizisten, »alle beide!«

Dabei bemerkte keiner der beiden Polizisten die hinten im Auto liegenden Tanne, da außer der Frontscheiben und den vorderen Seitenscheiben, die restlichen Scheiben des Fahrzeuges mit Tönungsfolie blickdicht gemacht wurden.

Vielmehr aber erstaunte es den Polizisten, als einer der beiden Männer mit einer total zerrissenen Jacke ihnen entgegentrat, wo aus verschiedenen Stellen die Polyesterwolle heraus quoll.

»Oh, neues Design«, bemerkte der eine Polizist. »Wohl das neueste Model des einundzwanzigsten Jahrhunderts, was?«

»Nein, nein, nein. Wissen sie, es ereilte mich plötzlich der Ruf der Natur …«

»Äh … wie bitte?«

»Na ich musste mal pinkeln, Pipi machen, wenn sie verstehen. Und da war dieser Bauzaun, da wo Tannenbäume drin stehen, wissen sie dieses …«

»Ich weiß, weiter!«

»Na ja, ich stand nun da und …, auf einmal griff mich so ein Ungeheuer an, zerrte an mir und wollte mir in die Kehle beißen. Ich brüllte laut und mit schmerzverzerrter Mine starrte ich das Vieh ungläubig an. Es hatte ein riesiges Maul und Zähne scharf und geborgen wie bei einem Sandtigerhai. Doch bei allem Respekt, ich war im Korea-Krieg, habe als Guerilla gekämpft, war fünf Jahre in der Fremdenlegion …«

»Was, du warst im Korea-Krieg und in der Fremdenlegion?«, unterbrach ihn sein Kumpel. »Das wusste ich ja noch gar nicht.«

»Halts Maul«, befahl er und sprach dann weiter. »Also das Vieh griff nach meiner Kehle und da nahm ich die Pfoten dieses Miststücks, riss es mir vom Leibe und schleuderte es über den Zaun. Der konnte froh sein, dass ich mein Bowiemesser nicht dabei hatte, sonst hätte ich ihn aus seinem Fell geschält.«

»Wie sah denn das Tier aus?«

»Na ja, es war riesig, etwa so ein Oschi.«

Dabei riss er seine Arme so weit auseinander, dass selbst der Weihnachtsmann mit seinem adipösen Umfang bequem dazwischen passen würde.

»Der hatte mindestens die Schulterbreite von Arnold Schwarzenegger und wenigstens die Beißkraft einer Müllpresse«, fügte er noch hinzu.

Was für eine Schauspiel, was für eine Tragödie, die hier in schillernden Farben gemalt wurde. Manche haben dramaturgische Talente um ihre Story interessanter zu machen und wenn man weiß, wie der Erzähler tickt, dann sollte man diese unglaubliche Ausschmückung und Übertreibung genießen, schließlich hat sie einen gewissen Unterhaltungswert.

Kleinere Kinder neigen auch schnell zu Übertreibungen, allerdings auf eine andere Art. Sie können mit dem Wort "Nein" nicht viel anfangen, deswegen reagieren sie oft mit dem Wort "Aua". Wenn zum Beispiel die Mutter das Kind von einem Schaufenster mit Spielsachen wegführen will und es mit einem Aua kontert, dann schrillen meistens sofort die Alarmglocken, denn das Kind könnte Schmerzen haben.

Die beiden Polizisten hatten nun die Ereignisse geschildert und die beiden Verdächtigen zur Identitätsfeststellung auf die Wache genommen und da nichts

Auffälliges gegen sie vorlag, wurden sie wieder auf freien Fuß gesetzt.

»Allerdings behaupteten sie, dass das Tier zu ihrem Stand gehören würde und denken über eine Anzeige wegen Körperverletzung nach.«

»Kann nicht sein, ich habe gar kein Tier. Außerdem müssen die hier heute Nacht drinnen gewesen sein, denn irgendjemand hatte versucht Tannenbäume zu klauen. Vielleicht ist der Eine ja an den spitzen Ecken des Bauzaunes hängengeblieben und hat sich die Jacke dabei aufgerissen.«

Im selben Moment raschelte es zwischen den gestapelten Tannen und ein Köpfchen schaute heraus. Es war Tommy, der halb verschlafen hervorkroch. Sein Gähnen ließ darauf schließen, dass er noch nicht ganz wach war und mit seinen anschließenden Dehnübungen versuchte, aus dem Traumland in die Realität zurückzukehren. Dabei machte er einen Buckel, der besagte: So ein ausgiebiges Nickerchen tat mal so richtig gut.

Sechs Augen beobachteten ihn, als er zu Boden sprang und mit erhobenem Schwanz langsam und gemächlich zwischen den Füßen der drei Männer hindurch stolzierte. Es war wie ein Schmalspurfilm der an einem vorbeizog, nur das statt vierundzwanzig Bilder pro Sekunde, achtzehn Bilder pro

Sekunden abgespielt wurden. Ein Streifen mit vielen Fragezeichen.

Lange schauten sie wortlos den Kater hinterher, wie der leichte Schnee seine Fußstapfen einfing und wieder nachgab, bis er schließlich in der Ferne verschwand.

Nun standen sie da, wie die drei Fragezeichen und schauten sich gegenseitig an. Was war geschehen? Eigentlich nichts Besonderes, nur eine Katze, eine kleine Katze, die ein Schlafplatz für die Nacht gefunden hatte und es jetzt verließ. Oder?

»Ich glaube, wir sollten den Fall als gelöst ansehen, bevor ich morgen früh mit Kopfschmerzen aufwache«, bemerkte einer der Polizisten.

»Wie wahr, wie wahr«, bestätigte sein Kollege.

Daraufhin stiegen die beiden Beamten in ihr Fahrzeug und fuhren davon. Der Verkäufer indes stand noch eine Zeitlang da und dachte nach.

Ganz Besonders amüsierte er sich über die lebhafte Erzählung des einen Diebes mit der sehr irritierenden Winterkleidung. Dabei brachte er das angriffslustige Ungeheuer mit der kleinen verträglichen Katze in Verbindung und fing an laut zu lachen.

»Wisst ihr«, sprach er zu seinen Tannen, »das erinnert mich an das Märchen von dem tapferen Schneiderlein. Der hatte von einer Bauers-Frau Mus bekommen, also so 'n püriertes Obst, wenn ihr wisst was ich meine. Und als ausgerechnet Fliegen an seinem Mus naschen wollten, hatte er mit einem Lappen zugeschlagen. Sieben Stück hatte er getroffen.

Das machte ihn stolz, so stolz, dass er sich einen Gürtel nähte und darauf stickte: Sieben auf einen Streich. Damit ging er hinaus in die weite Welt.

Unterwegs stieß er auf einen Riesen, der ihm den Weg versperrte. Der Nadelschwinger öffnete seine Jacke und zeigte ihm seinen Gürtel. Der Riese las, meinte, dass damit Menschen gemeint wurden und bekam Respekt vor ihm.«

Genauso hätte man auch erzählen können, dass man in Simbabwe die Viktoriafälle mit einem Kanu herunterfahren kann, dass man in der Karibik auf Haie reitet, dass man ein Iglu auch als Sauna benutzen könnte und dass der Yeti ein russischer Grizzlybär wäre.

Ja es sind Menschen, die unter einem ausgeprägten Geltungsbedarf leiden, die dann zu Übertreibungen neigen. Sie haben das Gefühl, dass ihre Werte nicht in angemessenen Maß zur Kenntnis genommen werden. Daher kompensieren sie zu stark übertriebenen Bedürfnissen. So wird etwas Großes dann riesig und ein leichtes Risiko zu einer gefährlichen Gefahr.

Nach einer Weile zuckte der Verkäufer seine Schultern, schüttelte den Kopf, stellte die Douglasie an ihren ursprünglichen Platz und fing an, dass zerstreute Schnittgut zusammenzusammeln. Zurück blieb nur die Taschenlampe, die der eine Täter verloren haben muss.

4. Tommy, die wilde Bestie im Fell einer knuffigen Kuschelkatze

Nachdem alles wieder geordnet wurde, der Stand wieder in einen übersichtlichen Zustand verbracht war, ging Gerd erst mal rüber zur Bäckerei, um einen frisch aufgebrühten Kaffee zu trinken und vielleicht sogar ein Croissant dabei zu essen.

Eine Prozedur, die er sich nach so einer alptraumhaften Vision und Schufterei verdient hatte, die nun einen Tribut beinhart und kompromisslos fordert. Schließlich verdient man sich einen kulinarischen Höhepunkt nicht einfach so durch irgendwelche Pseudo-Tätigkeit. Nein wer schuftet, soll auch genießen. Möglicherweise gönnt er sich noch eine Streuselschnecke zusätzlich.

Die Bäckerei verfügte über Sitzgelegenheiten in den Lounge-Bereichen direkt am Fenster. Hier hat man einen guten Blick auf den Tannenbaumstand, um gegebenenfalls schnell hinüberzulaufen, wenn ein Interessent Interesse zeigte.

Gleichzeitig verfügt der Shop über Stehtische, um zu sehen und gesehen zu werden.

Unterdes konnte die Blautanne ihre Neugier nicht verbergen und fragte die Douglasie:

»Sag mal wieso haben die dich wieder hergebracht?«

»Schon mal was von Gewissen gehört, von schlechten Gewissen, von Schuldbewusstsein, von moralischem Bedenken?«

»Was hat das alles damit zu tun?«

»Nun, eigentlich war es schon lustig, was da so abgelaufen war« und so fing Doug an zu erzählen.

Nachdem Tommy sich von seiner bösartigen Seite gezeigt hatte, flohen die Diebe mit der Douglasie. Diese stopfen sie in ihren Kombi und brausten augenblicklich, wie eine Herde wütender Stiere davon.

Dabei verursachten sie diesen Verkehrsunfall, landeten auf der Wache, wurden aber kurz darauf wieder freigelassen. Daraufhin ging jeder zu sich nach Hause. Sie mussten zu Fuß gehen, da sie keine Papiere zum Beweis des Führens eines Kraftfahrzeuges bei sich hatten. Den Tannenbaum nahm der eine allerdings mit.

Zu Hause angekommen, wurde erst mal die beschädigte Jacke versteckt. Wie soll man auch so ein Malheur rechtfertigen, sie zu entfernen war da viel einfacher. Danach ging er ins Wohnzimmer, wo seine Frau saß.

»Na Schatzi, was sagst du zu unserem Weihnachtsbaum? Endlich mach einen hübschen.«

»Wo hast du den denn her?«

»Na gekauft, was denkst du denn sonst?«

»Lügner«, antwortete seine Frau leise und schaute dabei auf ihre Armbanduhr, so, als wenn sie damit andeuten wollte, welcher Verkaufsstand um diese Uhrzeit noch auf hätte.

»Was hattest du gesagt?«, fragte der Mann nach, stellte den Baum angelehnt in eine Ecke und schaute ihn sich von unten nach oben und von oben nach unten an.

»Nichts, nichts. Ich meinte nur, dass um diese ortsübliche Geschäftszeit bestimmt wahre Menschenmassen sich auf den Straßen herumtreiben und Weihnachtsbäume kaufen.«

»Äh … wie? … Ja …! Ist sie nicht ein Traum, dieses Bild, diese Form, diese Erscheinung, einfach göttlich. Nicht wahr mein kleines Bäumchen? Du wirst es hier gut haben. Sag, was du haben willst und ich werde für dich da sein.«

»Ich glaube, ich bin hier in einem schlechten Film.«

»Was sagtest du?«

»Nichts, ich werde euch beide mal alleine lassen, damit ihr euch ein bisschen besser kennenlernt. Ich gehe derweil ins Bett.«

»Mach das mein Schatz, ich komme auch gleich.«

Der Mann holte sich ein Bier aus der Küche, setzte sich in einen Sessel und bewunderte die Douglasie.

»Du bist wirklich ein schöner Baum«, sprach der Mann.

Doch plötzlich erschrak er, dass ihm fast die Flasche Bier aus der Hand fiel. Er hörte ein fürchterliches Fauchen, ein Fauchen, dass ihm durch Mark und Knochen fuhr. Dieses Fauchen glich dem der Bestie, die ihn auf dem Tannenbaumstand angefallen hatte und ihm nun eine Gänsehaut zukommen ließ.

Er ging auf die Tanne zu, bog jeden Zweig auseinander, um besser ins Innere hineinzuschauen. Doch es war nichts Auffälliges zu sehen, keine Gestalt, keine Kreatur, kein Wesen. So setzte er sich wieder, nahm einen kräftigen Schluck aus seiner Flasche und starrte weiterhin gespannt auf die Douglasie.

Ja sie war ein sehr dekorativer Baum, der geschmückt einen wundervollen Glanz in die Wohnung zaubern wird.

Doch kaum darüber nachgedacht, war wieder dieses Geräusch zu hören, dieses Geräusch von dem Weihnachtsbaumstand. Es war ein Knurren, ein höllisch-dämonisches Knurren, beklagenswert und erbarmungsvoll zugleich. Ein schrecklicher Klang, der zitternd vor Nervosität jeden zum Schwitzen bringen kann.

Ängstlich, so eine Begegnung könnte sich wiederholen, ging er abermals auf die Tanne zu, nahm sie und drehte sie im Kreis. Nichts war zu sehen, außer schräg ausgerichteten Zweigen mit graugrünen Nadeln.

»Was ist mit dir los, warum knurrst du mich an?«, fragte er die Douglasie und schüttelte sie dabei. »Bist du verzaubert?«

Vielleicht ist es auch das schlechte Gewissen, das ihn auf seine kriminelle Handlung aufmerksam macht und ihn halluzinierend lässt? Oder ist der Baum tatsächlich verwünscht, gar verhext? Ein Dämon, ein Spuk, ein Phantom?

Er nahm seine Flasche Bier, schaute auf das Etikett und stellte sie weg. Dann ging er zum Wohnzimmerschrank, holte eine Flasche Weinbrand heraus und goss sich einen Dreifachen ein. Auf Ex schluckte er ihn herunter, schaute nochmals auf diese mit lieblichem orangenartigem Duft versehende Tanne und verließ dann das Wohnzimmer.

Seine Frau lag im Bett und las in einer Zeitschrift. Während er sich bettfein machte, fragte sie etwas anrüchig:

»Na hast du dich von deiner wundervollen gekauften Tanne lösen können?«

»Ja«, gab er ihr lässig zu verstehen.

»Und war sie teuer?«

»Wer?«

»Na der Baum!«

»Geht so.«

»Was heißt, geht so, entweder sie war teuer und billig.«

»Mein Gott, dass soll dir doch egal sein. Ich habe sie besorgt und damit basta. Was liest du da überhaupt?«

»Nichts.«

»Was nichts?«

»Nichts!«

»Was heißt hier nichts, du blätterst doch eine Seite nach der anderen um.«

»Das heißt noch lange nicht, dass ich lese. Ich schaue mir die Bilder an, schließlich habe ich die Zeitschrift besorgt, kann also damit machen, was ich will und damit basta.«

»Sehr witzig.«

Er legte sich ins Bett, drehte sich auf die Seite und beobachtete das Profil seiner Frau, wie sie ihre Augen auf der einen Seite hektisch hin und her schwenkte, dann auf die gegenüberliegende Seite auswich, schließlich gelangweilt umblätterte und das Prozedere wieder von vorne begann.

»Was starrst du mich so an?«, sprach sie nach geraumer Zeit.

»Ich finde, du siehst schön aus.«

Oh ein Kompliment, eine super Variante um sich prima bei einer Person einzuschmeicheln. Daraufhin legte sie die Illustrierte, welche überwiegend Frauennamen tragen, zur Seite und drehte sich ihm zu.

»Findest du?«, fragte sie.

»Ja!«

Dabei sah er in ihre mit Krähenfüßen umringten Augen, die so viel Erlebtes, aber noch viel mehr Träume gesehen hatten.

Auf einmal erblickte er etwas, was ihn erschauderte. Ihr Gesicht veränderte sich plötzlich in eine zähnefletschende Bestie mit triefendem Maul. Er erkannte sie sofort und dachte an seine zerfetzte Jacke. Sofort sprang er aus dem Bett, stand für Sekunden erstarrt da und schaute seine Frau an. Dabei wurde er weiß wie die Wand.

»Was ist mit dir, du siehst mich an, als wäre ich ein Ungeheuer.«

»Du …, du bist … ach scheiße.«

Fluchtartig verließ er das Schlafzimmer, ging ins Wohnzimmer und schenkte sich erneut einen dreifachen Weinbrand ein. Doch noch bevor er das Glas zu Munde führen konnte, hörte er wieder dieses grausame, unheimliche Schnauben. Dabei fiel ihm das Glas aus der Hand und ergoss sich über seinem Schlafanzug.

Bedachtsam drehte er seinen Kopf Richtung Tanne und ließ seinen Blick an diesem schlanken Baum, der nach unten hin kegelförmig breiter wurde, auf und ab wandern.

Auf einmal erschien im oberen Bereich auf den nach David Douglas benannten Baum, ein weißer Nebel, ein nahezu undurchdringlicher weißer Nebel, der wie eine kosmische Staubwolke wirkte. In diesem von flüssigen Teilchen umgebenen Aerosol formte sich das Gesicht dieses schrecklichen Ungetüms, das ihn noch am späten Abend fast ins Gesicht sprang.

»Nein, nein, nein«, schrie er, kniff seine Augen zusammen und hielt sich die Ohren zu.

Seine Frau stürzte ins Wohnzimmer, sah ihren Mann verhängnisvoll dastehen und fragte:

»Was ist los mit dir, du benimmst dich eigenartig.«

Sie nahm ihn in die Arme, druckte ihn und spürte, wie sein Herz immer schneller schlug. Ein kurzes schluchzendes Weinen war zu hören. Schniefend sprach er:

»Ich glaube der Baum ist verhext.«

»Wie kommst du darauf?«

»Er hasst mich, er will mich fertig machen, zugrunde richten, mich umbringen.«

»Wer sagt das?«

Er fing an zu erzählen, wie er an den Tannenbaum gekommen war, dass er ihn nicht gekauft, sondern dass er ihn von einem umzäunten Weihnachtsbaumstand einfach mitgenommen hatte, dass ihn eine Bestie ansprang, seine Jacke zerriss und sie daraufhin die Flucht ergreifen mussten.

»Ja und dieses Knurren höre ich nun ständig, wenn ich den Baum auch nur ansehe. Im Schlafzimmer verformte sich schlagartig dein Gesicht in die Fratze dieser Bestie und eben wieder das Knurren der Tanne und als ich sie ansah, da sah ich wieder diese Fratze, die mir an die Kehle wollte, die beabsichtigte mich zu zerfleischen.«

»Ich glaube du hängst in einer Situation, in denen das schlechte Gewissen dich plagt und quält. Möglicherweise eine innere Stimme, die dich warnt, eine Unaufrichtigkeit die dich wahrscheinlich belastet, und zwar so, dass du es sogar körperlich spürst, indem diese Bestie dich gedanklich verfolgt.«

»Meinst du? Im Moment habe ich einen Druck im Kopf wie ein Schnellkochtopf, dem gleich der Deckel wegfliegt.«

»Das kann ich mir gut vorstellen. Du musst dir aber erst einmal eingestehen, dass du ein schlechtes Gewissen hast. Dann solltest du überlegen, wie du den Fehler, den du gemacht hast, wieder gutmachst. Wenn du zu dem Schluss gekommen bist, dass du zu Recht ein schlechtes Gewissen hast, dann ist es auch an der Zeit, die Wiedergutmachung durchzuführen.«

»Du hast recht, ich will mit dem Gedanken nicht leben, ich werde den Baum wieder zurückbringen, jetzt, sofort, gleich.«

Schnell zog er sich um, holte das Fahrzeug von der Wache ab, schnappte sich den Tannenbaum, schob ihn den Kombi und fuhr dann los. In einen ausreichenden Abstand zum Stand hielt er an, zog die

Tanne wieder aus dem Auto und schlich langsam, heimlich und umsichtig, immer das Ungeheuer vor Augen, dem Stand entgegen.

Leise, fast schon flüsternd sprach er:

»Ich bringe dir hier den Tannenbaum wieder zurück. Entschuldige, dass ich ihn mitgenommen habe. Glaube mir, ich bereue es. Es wird auch nie wieder vorkommen, das verspreche ich dir.«

Dabei schlich er Schritt für Schritt langsam vorwärts, starrte mit verängstigten riesigen Augen auf den Bauzaun, um gegebenenfalls rechtzeitig das Weite zu suchen, sollte die Bestie auftauchen.

»Du tust mir doch nichts, oder?«, fragte er ohne dabei irgendein Geräusch zu vernehmen. »Ich will dir nur den Baum zurückbringen und schon bin ich wieder weg.«

Dann stand er direkt vor der Absperrung, doch der Mut, den Baum über den Zaun zu bringen verließ ihn. So stellte er ihn kurz entschlossen gegen den Zaun und lief in Windeseile davon. Im Bruchteil einer Sekunde war dann das Starten eines Automotors zu hören sowie das forsche wegfahren.

»Tja das war mein nächtliches Erlebnis«, betonte Doug »Und nun bin ich wieder bei euch.«

»Ja das Gewissen kann schon ein unangenehmer Störfaktor werden«, sprach Picea, die Blautanne.

»Aber schön, dass du wieder da bist. Ich glaube, der traute sich nicht wieder über den Zaun, die Angst wieder von Tommy angefallen zu werden, saß ihm bestimmt tief in den Knochen. Ja, ja unser Tommy, die wilde Bestie im Fell einer knuffigen Kuschelkatze. Hä-hä-hä.«

5. Ein Weihnachtsmann mit relativ femininer Stimme kam

Immer noch schmunzelnd über die lebhafte Erzählung des Mannes, dessen Jacke aussah wie ein aufgerissenes Sofakissen, kam Gerd von der Bäckerei zurück und hielt mit beiden Händen umschlossen einen Kaffeebecher in der Hand, so, als wenn er sich die Hände daran wärmte. Dabei schüttelte er seinen Kopf und dachte an die Schauergeschichte von Edgar Allen Poe.

Für viele kann so eine Aufgeblasenheit auch hilfreich sein. Sie kann einen Interessant machen, indem man über falsche Tatsachen berichtet und maßlos übertreibt und manchmal sogar selbst daran glaubt.

Aber das ist kein Grund einen Tannenbaumhändler zu bestehlen, das ist ja genauso, als wenn man ..., als wenn man dem Weihnachtmann seine Rentiere entführt.

In solche Fällen hilft nur, spurensicherheitsdienliche Maßnahmen zu ergreifen, Vorsichtsmaßnahmen zu treffen und dabei alle wahrscheinlichen und unwahrscheinlichen Konsequenzen zu bedenken, um sich letztendlich vor solcher

Torheit zu schützen und um wieder ungestört schlafen zu können.

Plötzlich ein Nüüüüüt, ein Geräusch wie eine gewöhnliche Wald- und Wiesenhupe, die aufgrund ihrer Lautstärke jeden Radfahrer von der Straße blasen könnte.

Richtig erschrocken zuckte Gerd zusammen. Seine Mine wurde zusehends dunkler und passte sich damit dem Himmel an, der sich immer mehr verfinsterte.

Dabei griff er sich an die Brust und dachte, ein Herzinfarkt hätte in überfallen. Doch als er sich umdrehte, bemerkte er seinen Freund, der mit dem Lärm auf seine Präsenz aufmerksam machen wollte. Er saß in einem Auto und winkte ihm freundlichst zu.

Fast auf Zehenspitzen ging Gerd zu dem Fahrzeug, lächelte und begrüßte ihn.

»Hallo Pit.«

»Hallo Gerd. Na ausgeschlafen?«

»Halbwegs. Konnte irgendwie nicht so richtig einschlafen.«

»Das kenne ich. Wenn ich abends ins Bett gehe, brauche ich mindestens neunzig Versuche, um einzuschlafen. Wenn ich aber nachmittags auf dem Sofa ein Nickerchen machen möchte, dann schlafe ich schon während des Hinsetzens ein.«

»Vielleicht solltest du es am Abend mal mit Schafe zählen versuchen.«

»Habe ich schon probiert. Unzählige Male bin ich angefangen zu zählen, doch jedes Mal liefen sie durcheinander und ich konnte von vorne anfangen.«

»Dann würde ich die Taktik mal ändern und nur die weißen Schafe zählen oder nur die schwarzen.«

»Auch schon gemacht, brachte genauso wenig. Aber sag mal, was machen eigentlich die Schafe, wenn sie nicht einschlafen können? Zählen die sich selber?«

»Na ganz gesund scheinst du auch nicht zu sein, oder?«

»Gesund schon, nur Schönheit und Reichtum fehlen.«

»Apropos Schön und Reich, was macht mein Stuhl?«

»Dein was?«

»Mein Stuhl.«

»Solltest du da nicht lieber keinen Hausarzt fragen?«

»Ich meine den Thron.«

»Villeroy und Boch oder lieber Ideal Standard?«

»Quatsch, ich meine den Sitz für den Weihnachtsmann.«

»Ach du meinst das festliche Gestühl für den X-Man, das liegt im Kofferraum.«

»Villeroy und Boch oder Ideal Standard, auf Idee kommst du manchmal«, murmelte Gerd, schüttelte seinen Kopf und öffnete dabei die Heckklappe.

»Dann verschone mich einfach mit deinen Spezialausdrücken ... Thron.«

Zusammen hievten sie ihn heraus.

Es war ursprünglich mal ein Gartenstuhl, ein Landhausstuhl, kompakt, massiv und stabil und diente dazu, dass sanfte Gemüt eines Erholungssuchenden zu besänftigen. Jahrelang stand er im Keller, in der Ecke und fristete sein Dasein. Nun aber wurde er wiederentdeckt und zu neuem Leben erweckt.

Er bekam einen neuen Anstrich in goldener Farbe, neue Polsterungen in roter Samtoptik für Rückenlehne und Sitzfläche, sowie eine Getränkehalterung für den Kaffee zwischendurch.

Nun stand er da und er ist mehr als nur ein normaler Stuhl geworden. Er wurde in kürzester Zeit zu einem fantasievollen Gestühl verwandelt, zu einem angemessenen Platz für den Weihnachtsmann.

Ein zusätzlicher Schemel mit goldenen Füßen und ebenfalls mit rotem Samt bezogener Sitzfläche konnte als Hocker oder als Fußbank benutzt werden.

»Mit einer richtig angebrachten Frischekur kann man so ein altes Möbelstück in einem neuen Glanz erstrahlen lassen. Dein Klappstuhl sieht wie ausgewechselt aus und hat dazu noch einen abstrakten Charme erhalten«, bemerkte Pit.

»Tja neu kaufen kann jeder. Aber Schritt für Schritt ein altes Möbelstück wieder in Szene setzen zu lassen, das ist nicht Jedermanns Sache. Meistens reicht Farbe und eine kreative Gestaltung aus, um verborgene Schätze neu zu entdecken. Siehe hier, vorher Landhausstuhl jetzt ein majestätischer Thron.«

Anschließend holten sie ein Gartenpavillon hervor und bauten es auf. Um so ein Bauwerk aufzubauen, bedarf es keiner Architekten und keiner besonders qualifizierten Handwerker. Vier Gestänge wurden aufgestellt, die Träger im Boden fixiert und eine Plane darüber gezogen. Die Rückwand bekam noch ein Seitenteil und schon war es fertig.

Der Thron wurde in den hinteren Bereich gestellt, davor ein kleiner roter Kunststoffteppich ausgerollt und schon war die Bühne für die szenische Darstellung des Weihnachtsmannes vorhanden.

Pit verschwand danach, während Gerd sich noch um kleine Veränderungen kümmerte.

»So und du«, sprach er zu Abi, der Nordmanntanne, »du bekommst dein Platz rechts neben dem Thron.«

»Und dich stelle ich daneben«, sprach der zur Blautanne und stellte sie neben Abi. Die linke Seite des Thrones schmückte und teilten sich Doug, die Douglasie mit einer anderen Nordmanntanne.

Schnell noch den Hocker vor den Thron gestellt und schon ist alles perfekt. Der Weihnachtsmann wird in wenigen Minuten kommen und die Käufer begrüßen und wer möchte, kann sogar auf seinen Schoß Platz nehmen, seine Wünsche äußern oder einfach nur einen Plausch mit ihm halten.

Dann auf einmal, ein warmes, leichtes und unglaubliches intensives Gefühl strömte durch seine Adern. Er spürte eine völlig unbekannte Leichtigkeit und Freunde als er fernab leise hörte, wie Passanten riefen:

»Hallo Weihnachtsmann«, worauf dieser freundlich und froh gesinnt antwortete:

»Frohe Weihnachten, frohe Weihnachten.«

»Oh siehe nur«, sprach eine Mutter zu ihrem Kind, »der Weihnachtsmann.«

»Ho, Ho, Ho«, rief er und winkte dem Kind zu.

»Hey Weihnachtsmann wohin des Weges?«, fragte einer anderer. »Las mich raten …, zum Nordpol?«

»Ha-ha ich lache morgen.«

»Jetzt kommt er«, sprach Gerd zu den Tannen und winkte mit der Hand dem Weihnachtsmann entgegen.

Eine Person mit langem weißen Bart, dicken Bauch, langer roter Kutte mit weißem Pelzimitat besetzt und goldenen Knöpfen, gleichfarbige Hose, schwarzen Stiefeln, einer Mütze mit Bommeln, unter der weiße Locken zum Vorschein kamen und einer Nickelbrille mit Fensterglas, kam ihm entgegen.

»Wow, dass nenn ich mal ein vernünftiges Kostüm.«

»Na was hast du denn erwartet, rote Daunenjacke, Zipfelmütze und eine Carrera Sonnenbrille? Womöglich noch mit einem roten Fiat Panda?«

»Äh …, hä …, nein …, äh …, das hier ist dein Arbeitsplatz. Du hast das ja schon öfters gemacht, dann brauche ich dir nicht zu erklären, um was es geht. Dein Name war ...?«

»Weihnachtsmann.«

»Ja richtig und dein richtiger Name?«

»Immer noch Weihnachtsmann, aber du darfst mich Louis nennen.«

»Louis? Hießt du nicht ...«

»Nein ich heiße jetzt Louis«, wurde er unterbrochen.

»Ist das die Abkürzung von Alois oder eine Deduktion von Ludwig?«

»Nein eher eine Anlehnung an Louis Vuitton.«

»Wer ist Louis Vuitton?«

»Ach das ist so einer, der an die Reichen gedacht hatte und Handtaschen kreierte, wo man den Tausend-Euro-Unterschied sofort spürt.«

»Aha ..., na dann lass dich nicht aufhalten. Ich muss mich um meine Tannen kümmern. Wenn du irgendwas brauchst, sage Bescheid.«

Louis, der Weihnachtsmann nahm Platz und fing an, den vorbeigehenden Leuten zuzuwinken.

Gerd setzte sich währendes zu den Tannen und blätterte in der Tagespresse herum. Es ist noch zu früh, aber Kinder werden den Weihnachtsmann sehen und ihre Eltern dazu bewegen, vorbeizukommen. Und wenn sie erst mal da sind, kaufen manche bestimmt auch gleich einen Tannenbaum.

»Hab ich euch schon mal erzählt«, sprach Gerd flüsternd mal wieder zu den Tannenbäumen, »wie ich das erste Mal den Weihnachtsmann gesehen hatte? Wir wohnten damals in einer Wohnung, die hatte einen schmalen Gang vor den Küchenfenstern. Ich war damals gerade drei oder vier Jahre oder so. Meine Mutter hatte mich auf einen Stuhl gestellt und mich gewaschen, schließlich war es Heiligabend und wenn der Weihnachtsmann kommt, muss man ja sauber aussehen. Da sah ich am Küchenfenster eine Gestalt herumhuschen, eine Gestalt, die so aussah, wie der da.«

Dabei streckte er die Faust aus und deutete mit dem Daumen auf den Weihnachtsmann.

»Der hatte auch so weiße Haare und einen Bart. Ich glaube, der trug auch einen roten Mantel. Na ja zumindest hatte ich auf einmal tierische Angst bekommen, fing an zu zittern und zu bibbern und was passierte dann? Ich konnte es nicht mehr halten und flupp …, in hohen Bogen …, pinkelte ich meine Mutter an. Hä-hä-hä. Die hat vielleicht geschrien.«

Noch mit lächelndem Gesicht stand er auf, ging zur Bäckerei gegenüber und kam mit zwei Kaffee to Go zurück. Einen Becher reichte er dem Weihnachtsmann und sprach:

»Kaffee gefälligst?«

»Ja gerne, danke. Nicht viel los im Moment.«

»Das kommt noch. Winke einfach den Leuten zu. Du kannst doch winken, oder?«

»Ich kann sogar freihändig aus dem Auto winken.«

»Wow!«

Gerd verschwand wieder in seine Ecke und nippte vorsichtig an der heißen braunen Brühe. Dabei sprach er abermals zu den Tannen:

»Ein Jahr später, wir hatten eine andere Wohnung, so eine für damalige Verhältnisse mit einem gewissen Komfort. Wir hatten ein Badezimmer mit einer Badewanne und einen Badeofen, der, um Warmwasser zu erzeugen, vorher mit Holz und Briketts aufgeheizt werden müsste.

Na ja, es war mal wieder Heiligabend und ich lag in der Badewanne. Die Wohnungseingangstür befand sich vis-à-vis der Badezimmertür. Beide Türen stießen gegeneinander, wenn sie zusammen geöffnet wurden. So schloss meine Mutter die Badezimmertür, als es an der Wohnungstür klopfte.

Eine tiefe Stimme war zu hören, stellte sich als Weihnachtsmann vor und das warme Badewasser, in dem ich lag, wurde plötzlich zu Eis. Mit stampfenden Schritten betrat er den Flur und blieb vor der Badezimmertür stehen. Boah, ich wäre fast in meinem eigenen Angstschweiß ertrunken, weil ich dachte, jeden Moment kommt der rein.

Doch sie gingen dann weiter und verschwanden im Wohnzimmer, das am Ende des Flurs lag. Es wurde still, kein Platschen, keine Welle, keine Wassergeräusche. Ich war wie versteinert, lauschte, beuge mein Kopf dabei ein wenig vor, um das Gespräch besser mit dem Ohr auffangen zu können, konnte aber nichts verstehen. Nach einem kurzen Augenblick stampfte er wieder über den Flur und verschwand durch die Haustür.

Glaubt mir, ich war kurz vorm Herzaneurysma und wäre bestimmt ins Guinnessbuch der Rekorde gekommen, nämlich als jüngster Mensch der einen Herzschrittmacher besaß.«

Louis, der Weihnachtsmann kam und fragte:

»Wo kann man hier für kleine äh … Jungs?«

»Geh rüber zum Chinesen, da dürfen wir und schönen Gruß von mir.«

Louis verschwand.

Verhältnismäßig feminine Stimmlage hatte der Junge, dachte sich Gerd. Muss wohl an dem ganzen Pelz im Gesicht liegen, an der künstlich gebastelten Behaarung. Als er vorgestern mit ihm über diesen Job sprach, da klang die Stimme etwas männlicher.

Tja die Stimmlagen der Männer sind sehr unterschiedlich. Die einen haben eine hohe, helle Klangfarbe, die anderen eine sehr tiefe, sonore. Die einen haben Streit mit ihrem Rasierer, die anderen nicht. Ein Barber-Shop ist kein Frisiersalon und ein Bart-Kamm hat nichts mit dem zu tun, womit die weibliche Mähne auftoupiert wird. Unterschiede ziehen sich an und mit Vollbart hört sich wohl die Stimme anders an.

Louis kam zurück und hatte zwei Kaffee to Go Becher in der Hand. Zumindest ist er nicht zu jung und gemäß den grammatikalischen Regeln in der Lage, in der Bäckerei auch einen Kaffee für ihn zu kaufen, dachte Gerd in dem Moment.

Doch denkste, keiner von den beiden war für ihn. Louis ging zu seinem Thron und setzte sich. Dann nippte er von dem einen und füllte ihn dann durch den anderen Becher auf. Das machte er dreimal hintereinander. Gerd packte die Neugier, wollte doch zu gerne erfahren, was diese Bewandtnis auf sich hatte.

»Äh … entschuldige, aber ich beobachte dich die ganze Zeit, wie du einen Becher immer wieder mit dem anderen Becher nachfüllst. Hat das eine besondere Bedeutung?«

»Ne, eigentlich nicht. In dem einen Becher ist Kaffee drin, in dem anderen heißes Wasser. Ich verdünne den Kaffee mit dem heißen Wasser, weil er sonst zu stark für mich ist und ich gleichzeitig keine Unmengen an Zucker zu mir nehmen will, um ihn zu verdünnen.«

»Ah-so.«

Dabei klatschte der Weihnachtsmann sich mehrmals auf den Bauch und meinte:

»Geht zwar noch ne Menge rein, kann aber schnell von einem Waschbrettbauch zu einem Waschtrommelbauch wechseln.«

»Ja oder eine Schwangerschaft vortäuschen.«

»Oder eher zu einer Geschwulst, wenn man dann noch fünf Mahlzeiten am Tag bei McDonalds einnimmt.«

»Oder so.«

Tja Kaffee hat viele positive Effekte auf die Gesundheit. Doch ein zu starker Kaffee kann auch das Gegenteil bewirken.

6. Man muss in vielen Dingen mit Ausreden improvisieren können

Ein Kleinkind mit seiner Mutter betrat den Verkaufsstand. Sichtlich beängstigt, stellte sich das Kind hinter den Beinen der Mutter und lugte ein wenig hervor. Ihr Blick galt dem Weihnachtsmann, der auf dem Thron saß.

Der Weihnachtsmann sah zu dem Kind und winkte mit der Hand zu seinem eigenen Körper. Eine nonverbale Aufforderung zum Herkommen. Doch das Kind blieb sprachlos hinter der Mutter halb versteckt.

»Komm Schatz«, sprach die Mutter, »geh hin zum Weihnachtsmann, der tut dir nichts.«

Zögernd schritt das kleine Mädchen zum Weihnachtsmann und hielt beschämend vor ihm inne.

»Komm mein Kind, setzt dich auf meinen Schoß.«

Stockend ging sie auf diesen Mann mit dem langen Rauschebart zu, den man Weihnachtsmann, Nikolaus, Knecht Ruprecht, X-Man oder einfach Christkind nennt. Er hob sie hoch und setzte sie auf seinen Schoß.

»Wie heißt du denn mein Kind?«

»Petra.«

»Und warum bist du so traurig?«

»Hm … mein Papa ist weg. Mama sagte, er ist gestorben.«

»Oh das tut mir aber leid.«

»Aber wenn er gestorben ist, dann müsste er bei dir im Himmel sein. Kennst du Papa?«

»Äh … ich glaube schon. Erzähl mir von deinem Papa. Was machte er, wie sah er aus?«

»Papa war immer auf Arbeit, er musste Geld verdienen hat Mama gesagt, damit wir was zu essen haben. Aber wenn er von der Arbeit kam, hat er jedes Mal mit mir gespielt. Und wenn er von einer Geschäftsreise zurückkam, dann hat er mir immer was mitgebracht. Ich hab …, ich hab …, ich habe sogar eine Puppe zu Hause, die kann meinen Namen sagen, die kam von ganz weit her.«

»Und was habt ihr denn so am Wochenende gemacht, wenn Papa nicht arbeiten musste?«

»Dann sind wir oft weggefahren, zum Baden an den See, in den Zoo oder so. Und aufm Dom waren wir auch, da durfte ich im Riesenrad mitfahren.«

»Und war jedes Mal Mama dabei?«

»Mama war immer dabei, ohne Mama ist Papa nie weggegangen. Papa hat Mama ganz Doll lieb gehabt und Mama auch Papa und ich auch.«

»Ja, das stimmt. Ich glaube, ich kenne deinen Papa. Er ist ein ganz toller Mann, das habe ich sofort erkannt, als ich ihn sah. Er ist sogar mein Freund geworden.«

»Wirklich?«

»Ja, einer meiner besten Freunde sogar.«

Ein Weihnachtsmann hat es nicht leicht. Man muss in vielen Dingen mit ausreden improvisieren können. In der Psychologie geht man davon aus, dass Unwahrheiten lebensnotwendig seien, denn sie dienen dazu, das Selbstwertgefühl anderer und auch manchmal sein eigenes zu erhöhen und einen leichten Umgang mit der Vergangenheit, Gegenwart und Zukunft zu ermöglichen.

»Ja-ah?«, erstauntes es Petra. »Kannst du ihn denn von mir grüßen und sagen, dass ich ihn vermisse? Dass ich ihn ganz Doll lieb habe und das die Mama jeden Abend traurig im Bett liegt und weint und …«

Sie kam nicht zum weiterreden. Es quoll plötzlich aus ihr heraus. Sie presste sich an die Schulter des Weihnachtsmannes und fing schluchzend an zu weinen. Behutsam legte Louis seinen Arm um sie und streichelte über ihren Kopf.

»Du musst nicht weinen. Dein Papa weiß das. Ich glaube, er schaut uns gerade zu.«

»Wo?«, schreckte das Mädchen hoch.

»Du kannst ihn nicht sehen, er aber dich. Er wird immer bei dir sein, solange du an ihn denkst und er wird immer eine schützende Hand über dich halten, damit dir nichts passiert.«

»Meinst du?«

»Ich weiß es. Schließe deine Augen.«

Petra sah zunächst den Weihnachtsmann fragend an, dann zu ihrer Mutter, die zustimmend leicht nickte und so tat sie ihm den Gefallen.

»Welche Haarfarbe hatte dein Papa?«

»Braun.«

»Und seine Augen?«

»Die waren blau. Mama sagte immer, dass Papa Augen wie das Meer hat. Sie hat immer Blau-Auge zu ihm gesagt.«

Für die einen sind blaue Augen einfach kalt, doch auf die meisten üben sie eine magische Anziehungskraft aus. Blaue Augen gelten nicht umsonst als einzigartiges Schönheitsideal.

»Wobei siehst du euch am liebsten spielen?«

»Beim Fangen.«

»Warum gerade Fangen?«

»Papa ist meistens dabei hingefallen«, sprach das kleine Mädchen und schmunzelte dabei. »Ich glaube, das hat er immer mit Absicht gemacht, damit ich lachen muss.«

»Und was siehst du, wenn Papa nach der Arbeit nach Hause kommt?«

»Er hat immer erst Mama geküsst und ihr gesagt, dass er sie lieb hat. Dann hat er mich auf den Arm genommen und Flugzeug gespielt.«

»Siehst du, du kannst dein Papa überall sehen, obwohl deine Augen geschlossen sind. Du musst nur immer, wenn du dein Papa sehen willst, die Augen schließen.«

»Aber Papa ist nicht wirklich da.«

Der Weihnachtsmann überlegte. Was soll er ihr nun erzählen? Wenn er sich ausschweigen würde, vielleicht vergisst sie es? Oder …? Ihm muss einfach was einfallen und so sprach er nach kurzer Überlegung:

»Wirklich nicht? Die eigentlichen wirklichen Dinge sind jene, die weder Kinder noch Erwachsene sehen können. Es ist wie ein Vorhang, wie ein Schleier, der diese nicht zu sehenden Dinge verhüllt und den nicht der stärkste Mann der Welt zerreißen kann. Nur wer glaubt, kann ihn zerreißen und die dahinter befindlichen Dinge sehen. Schließe nochmals deine Augen und denke ans Fangen. Wen siehst du?«

»Papa.«

»Was macht er gerade?«

»Hä …, er ist wieder hingefallen.«

»Und was hast du gemacht?«

»Ich bin hingelaufen und habe ihm geholfen aufzustehen.«

»Siehst du, also ist Papa doch da, oder?«

»Ja«, erstaunte es Petra und riss dabei die Augen auf. »Danke Weihnachtsmann, danke. Ich habe dich auch lieb.«

Ganz kräftig drückte sie den Weihnachtsmann und küsste ihn auf die Wange.

»Ich dich auch, Kleines.«

Daraufhin verließ das kleine Mädchen den Schoß und lief zur Mutter hin. Tränen liefen über ihre Wangen, es waren diesmal aber Tränen der Freude. Tränen sind Transportmittel für Gefühle und gleichzeitig Verräter. Sie offenbaren Gefühle eines

Menschen, ob er traurig oder gerührt, verzweifelt, wütend oder glücklich ist.

»Ich habe Papa gesehen«, rief sie und ließ sich von ihrer Mutter in die Arme nehmen. Ganz fest drückte sie das Kind an sich, nahm dann ein Taschentuch aus ihrer Tasche und beide mussten erst mal kräftig ins Tuch schniefen.

Es ist der kräftige Überschuss an Tränenflüssigkeit, der beim Weinen produziert wird, der zum einen nach außen über die Augen austritt und zum anderen nach innen und da Augen und Nase durch einen Tränenkanal verbunden sind, läuft die Innenflüssigkeit über die Nase ab.

Ohne es zu merken, hatte sich eine Traube von Menschen auf dem Platz angesammelt und alle hatten den Ausführungen des Weihnachtsmannes verfolgt. Einige trocknen sich die Augen, andere starrten wie versteinert dahin. Dann fing einer an, zögernd zu klatschen und im Nu stimmten alle in den Kanon mit ein.

»Danke, danke«, sprach der Weihnachtsmann und winkte den Passanten zu, so, als ob es sich um pubertierenden Teenager handelte, die zu ihrem Lieblingsidol einer Boygroup hinaufschauten. »Wer möchte denn der nächste sein?«

Ein Junge kroch aus der Traube von Menschen hervor und stellte sich vor den Weihnachtsmann.

»Wie heißt du denn mein Sohn?«

»Thomas. Meine Mutter hat gesagt, ich soll mich auf deinen Schoß setzen.«

»Na, wenn deine Mutter das gesagt hat, dann musst du das wohl auch tun.«

Und so setzte Thomas sich auf den Schoß des Weihnachtsmannes, während seine Mutter ihm zuwinkte und gleichzeitig ein Foto machte.

»Bist du wirklich der Weihnachtsmann?«, fragte Thomas.

»Nun ich bin mehr oder weniger einer seiner Helfer. Der echte Weihnachtsmann ist der Santa Claus, der am Heiligabend mit seinen Schlitten und den Rentieren unterwegs ist und die Geschenke bringt, die ihr euch bei den Weihnachtsmannhelfern gewünscht habt. Wie kommst du darauf?«

»Mein Freund sagt, man kann nicht an das Glauben, was man gar nicht sehen kann.«

»Und nur, weil er den wahren Weihnachtsmann, also Santa Claus noch nie gesehen hat, glaubt er nicht an ihm?«

»Hat er zumindest gesagt.«

»Wie ist es mit dir, glaubst du an den Weihnachtsmann?«

»Hm … ich weiß nicht.«

»Glaubst du an Gott?«

»Ja.«

»Obwohl du ihn noch nie gesehen hast?«

»Äh …«

»Glaubst du an Außerirdische?«

»Ja.«

»Und hast du schon mal welche gesehen?«

»Nein.«

»Siehst du. Du kannst am Heiligabend alle Schornsteine beobachten, um den wahren Weihnachtsmann und auch seine Rentiere zu erwischen. Auch wenn du ihn nicht sehen wirst, so wird er dennoch dagewesen sein, um deine Geschenke unter den Tannenbaum zu legen.«

»Meinst du?«

»Hast du schon mal Wichtel und Elfen gesehen, die kleinen Helfer von Santa Claus, mit ihren runden, lustigen und verschmitzten Gesichtern, den großen Kulleraugen, der auffälligen bunten Kleidung und den Zipfelmützen?«

»Nein.«

»Sie verstehen es, unbemerkt zu kommen und zu gehen und man bemerkt nie, wenn sie an einem Vorbeihuschen. Dass man sie noch nie gesehen hat, beweist nicht, dass es sie nicht doch gibt. So und nun erzähl mir doch mal, was du dir zu Weihnachten wünscht.«

»Ich möchte ein Fahrrad.«

»Okay, welche Farbe?«

»Blau.«

»Gut, geht klar.« Dabei blickte er zur Mutter von Thomas, die daraufhin kurz nickend einstimmte.

»Klasse«, erfreute es den Jungen, sprang vom Schoß und verschwand dann freudestrahlend mit seiner Mutter in der Menschenmenge.

»Wer will denn nun der nächste sein?«, fragte der Weihnachtsmann und sah zu den Kindern, die sich ängstlich an Mamas Rockzipfel festhielten.

Manche Kinder würden lieber unter den Tisch krabbeln, anstatt es sich auf den Schoß des weißbärtigen Mannes gemütlich zu machen, um ihn von ihren sehnlichsten Wünschen zu erzählen.

Doch ein Junge überwand sich und ging auf den Thron zu.

»Wie heißt du mein Sohn?«

»Dieter.«

»Und was möchtest du?«

»Nimmst du mich mit zum Nordpol?«

»Das geht leider nicht.«

»Warum nicht?«

»Nun das kleine Dorf, das am Nordpol steht, heißt Christmas Village. Dort wohnen nicht nur Elfen und Wichtel, sondern dort stehen auch die Fabriken von Santa Claus, dem wahren Weihnachtsmann, in denen all die schönen Geschenke für die braven Kinder hergestellt werden. Dieses Dorf wird strengstens bewacht und nur Santa Claus darf als einziger dort hinfahren.«

»Wow«, erstaunte es Dieter. »Erzähl mir noch mehr.«

»Nun, im Moment ist dort sehr viel zu tun. Jeden Tag kommen neue Wunschzettel von den Kindern herein und müssen bearbeitet werden, damit sie rechtzeitig am Heiligabend unter den Tannenbaum gelegt werden können.

Die ganzen Nächte wird ununterbrochen gearbeitet, gebastelt und genäht, gehämmert und geklopft und manchmal sind die Wichtel und Elfen so laut, dass Frau Holle davon wach wird und dann ihre Betten so kräftig ausschüttelt, dass riesige Schneeflocken zur Erde fallen.

Es sieht dann aus wie in einem Märchen, wenn die dicken Flocken sanft vom Himmel herab rieselt und Häuser und Straßen bedecken. Das lässt auch die Herzen der Menschen höher schlagen. Na ja vielleicht nicht gerade alle.

Heiligabend aber dann, wird der Weihnachtsmann seinen Schlitten beladen und wenn alle Kinder schlafen, wird er mit seinen Rentieren seine Aufgabe erfüllen. Wenn du ihm eine ganz besondere Freude machen willst, dann stellst du ihm ein Teller mit Keksen und ein Glas Milch hin. Er mag nämlich Kekse und Milch.«

»Ja, das werde ich machen.«

»Und wenn du am nächsten Morgen dann nachschaust und Teller und Glas sind leer, dann weißt du, dass er dagewesen war.«

»Echt? Wow, ich werde das gleich Mama und Papa sagen, dass sie Kekse und Milch kaufen sollen.«

»Ja, aber am besten mag er selbstgebackene Kekse.«

»Selbstgebackene …, ja …, ich werde es Mama sagen, versprochen.«

Ganz aufgeregt lief Dieter wieder zu seiner Mutter und kam aus dem erzählen gar nicht mehr raus.

Während Louis als Weihnachtsmann mit viel Tatendrang sich mit den Kindern unterhielt, waren einige Kunden eifrig damit beschäftigt, nach einem geeigneten Tannenbaum zu suchen. Sorgfältig wurde ein Baum nach dem anderen ausgewählt, an Ort und Stelle vernetzt und abtransportiert. Es setzte ein reges Treiben auf dem Stand ein und ließ die Kasse kräftig klingeln.

Dann wurde es ruhiger. Umliegende Geschäfte hatten bereits geschlossen und auch Gerd war dabei, seine Tannenbäume zusammenzustellen, den Verpackungstrichter zu verstauen und den Platz ein bisschen auszufegen.

Louis war gerade am Gehen, als Gerd zu ihm sprach:

»Du machst deine Sache ja wirklich gut. Man merkt sofort, dass du es schon öfters gemacht hast und wie du mit Kinder umgeben kannst, erstaunlich. Ich muss echt sagen, ich bin froh, dass du hier bist. Was meinst du, gehen wir noch ein Bierchen trinken?«

»Nicht heute.«

»Ich lade dich ein oder wartet deine Familie auf dich?«

»Nein ich lebe allein, aber trotzdem, ich bin ein wenig Müde, werde nach Hause gehen und mich ausruhen.«

»Mach das, wir sehen uns morgen.«

Und so ging jeder seinen Weg.

7. Kinder merken sofort, wenn der Weihnachtsmann sie belügt

Es dauerte nicht lange, da war wieder dieses Rascheln am Zaun zu hören und weckte den Eindruck, dass abermals ein Dieb am Werk war. Die Quelle der ominösen Geräusche lag hinten in der Ecke und war kaum von den Tannen einsehbar.

Der Mond hatte sich hinter einer Wolke versteckt und ein kühles Schwarz ausbreiten lassen, welche üble Streiche mit den wenig vorhandenen Schatten spielte. Nur schwerlich zog die Wolke am Mond vorbei und gab die Silhouette eines Vierbeiners frei.

Es war Tommy, der sein nächtliches Quartier zwischen den Tannenbäumen aufsuchen wollte.

»Hallo Tommy«, sprach Abi.

»Hallo Nordmännchen«, entgegnete Tommy ihm.

»Wie war dein Tag?«

»Außer das fünf dicke Ratten mich beim Mülltonnen tauchen versuchten zu schlachten, mir frisch zubereitetes Duftwasser mit Kuhdung-Extrakten hinterhergeworfen wurde und ich mich einer Verfolgung mit einem Furcht- und Schreckenerregendem Monstrum Marke

Bullterrier unterziehen musste, ging es mir prächtig. Aber du glaubst es nicht, die Jagd über Bänke und Tische, das war schon eine tolle Sache.«

»Mann, das muss ja ein Alptraum für dich gewesen sein.«

»Quatsch, ein überfüllter Magen kann zu einem Alptraum führen, aber davon bin ich weit entfernt. Sagen wir einfach, ich habe viel erlebt und knapp überlebt.«

»Aber trotzdem.«

»Ach, so ein Dackelverschnitt, so ein langgestreckter Hund mit Rückenproblemen und Stummelbeinen hatte ich noch getroffen. Der sagte, er wäre zu Hause König, hatte alles, was man sich wünschen konnte, ein überfüllter Fressnapf, eine warme Hütte und ein großes Grundstück zum Revier markieren. Der bekam Massage, Maniküre, Pediküre, Seetankmaske, Honigwickel, Bauchpeeling, Schwanz einwachsen und noch vieles anderes.

Er trug so was Ähnliches wie euer Weihnachtsmann hier, so ein rotweißes Cape mit Kapuze und Geweih und rote Söckchen. Mann sah der vielleicht bescheuert aus.«

»So kann man auch seine Haustiere optisch in Weihnachtsstimmung einhüllen, nicht nur uns Weihnachtsbäume.«

»Wenn das Haustier es will, okay. Aber der arme Köter meinte nur, er wäre froh, wenn die Zeit vorbei wäre und er wieder aus dieser affigen Verkleidung schlüpfen kann; wenn we mal wieder ein normaler Hund sein kann und nicht wie eine alberne Drag-Queen herum laufen muss.«

Tommy blieb vor den aufgestapelten Tannen stehen und schaute sich den Haufen an, der enorm an Fülle verloren hatte.

»Was ist?«, fragte Abi.

»Irgendwas stimmt hier nicht.«

»Was stimmt nicht.«

»Mein Schlafplatz hat sich verkleinert. Wenn dein Chef so weiter macht, habe ich morgen kein Bett mehr.«

»Dann schläfst du unter meinen Zweigen«, entgegnete ihn Abi.

»Hm … na gut.«

Dabei kroch er zwischen zwei aufeinanderliegenden Tannen, kuschelte sich ein, gähnte nochmal kräftig und sprach dann:

»Gute Nacht.«

»Gute Nacht, Tommy.«

Daraufhin wurde es ruhig.

Am nächsten Tag rechtzeitig bevor die Dämmerung den untergehenden Mond vertrieb, fand sich Gerd wieder auf seinen Verkaufsstand ein.

»Morgen Jungs«, sprach der zu den Tannenbäumen, als er das Schloss des Bauzaunes öffnete und eintrat.

»Man das war ja gestern ein hektischer Tag, was? Aber erfolgreich sag ich euch.«

Er ging auf Abi zu, der links neben dem Thron stehenden Nordmanntanne und obwohl verschneite Tannen einfach nur wunderschön aussehen, griff er an den Stamm, schüttelte ihn, um den über Nacht gefallenen Schnee von den Zweigen zu lösen.

Das Gleiche tat er mit der Picea, der Blautanne, mit Doug der Douglasie und der anderen Nordmanntanne.

»So jetzt seht ihr wieder schick aus«, wobei er die Zweige der Tannen nochmals streichelte. Dann fing er an, den Thron zu säubern, zu trocknen und legte anschließend ein Kissen darauf.

Plötzlich im Augenwinkel, sah er Tommy, wie er aus den Tannen herauskroch, sich reckte, gähnte, ihn mit halb verschlafenen Augen ansah und dann von dem Stapel heruntersprang.

»Ey dich kenn ich doch. Du bist doch die Katze, die hier war, als man versuchte Tannenbäume zu klauen. Bestimmt hat der Dieb dich, als das Kehle beißende Ungeheuer gemeint. Dafür danke ich dir. Du hast dir eine Belohnung verdient. Warte hier ein Moment, ich hol dir schnell was Leckeres.«

Doch Tommy verstand die Geste nicht, hatte bisher auch noch nie was geschenkt bekommen und so stolzierte er erhobenen Schwanz in einer gewissen Entfernung an ihm vorbei und verschwand zwischen den Läden, Häusern und Gebäuden.

»Schade«, sprach Gerd zu sich, »das arme Tier hat bestimmt kein Zuhause. Na ja.«

Er wandte sich wieder der Reinigung des Throns zu und unterhielt sich weiterhin mit den Tannen:

»Wisst ihr, die Kunden hatten Gefallen an den Weihnachtsmann gefunden und fast jeder hat gleich einen Weihnachtsbaum gekauft. Wie …? Was …? Genau, das meine ich auch. Nächstes Jahr werde ich das auf jeden fall wieder machen.«

»Sprichst du mit Bruder innerlich?«, hörte er auf einmal eine Stimme hinter sich.

Sichtlich erschrocken zuckte er zusammen und hielt für einen Augenblick inne. Dann drehte er sich um und sah in das weißbärtige Gesicht von Louis, dem Weihnachtsmann.

»Alles Okay mit dir?«, fragte er nach.

»Äh … ja, wieso?«

»Na ja du sprachst hier mit dir selber. Manche Leute finden das seltsam und bezeichnen einen als verrückt.«

»Und was soll ich deiner Meinung nach tun?«

»Vielleicht dich selber über ein zweites Handy anrufen. Beide hältst du ans Ohr und kannst so mit dir reden, das fällt dann nicht so auf. Falls du dir viel zu sagen hast und über keine Flatrate verfügst, solltest du vielleicht eine günstigere Vorwahl wählen, damit es nicht zu teuer wird.«

»Sehr witzig, ich lache später.«

»Siehe es einfach als gutgemeinten Rat.«

»Ich führe keine Selbstgespräche, ich unterhalte mich mit den Tannenbäumen. Sie sind mehr Lebewesen, als sich ein Balkongärtner mit Gießkanne und Düngestäbchen vorstellen kann, mehr als nur ein Wasser und Licht verarbeitendes Zellsystem. Pflanzen sind feinfühlige empfindungsfähige Wesen. Warum sollen sie nicht von freundlicher Zuwendung und dem

Klang einer Stimme profitieren? Sie danken es dir mit einer üppigen Blütenpracht.«

»Meinst du?«

»Versuch es einfach mal.«

»Na ja, äh … guten Morgen übrigens.«

»Ja wünsche ich dir auch. Hast du dich gestern noch ein wenig erholt?«

»Ich hatte mich auf die Couch gelegt und mir eine Serie mit schrecklicher Kulisse und mieser Handlung angesehen, bis ich eingeschlafen bin und du?«

»Das Gleiche.«

»Bist du eigentlich verheiratet?«, fragte Louis.

»War, zumindest so was Ähnliches, wenn du weißt was ich meine. Sie ist vor fast sieben Jahren gestorben. Über zehn Jahre Glück und ich war nach wie vor so verliebt, wie am ersten Tag. Aber was soll man tun, wenn das Herz brennt …, verbrennt.«

Louis schluckte. Er wusste nichts von seiner Trauer, wusste nicht, dass der Tod seiner Frau ihn mal aus der Bahn geworfen hatte. Es ist nun mal halt so, dass der Tod eines geliebten Menschen ein Loch in das Leben der Hinterbliebenen reißt und auch nach Jahren eine gewisse Wehmut hinterlässt. Nun hatte Louis in einer alten

Wunde herumgewühlt und hoffentlich nicht zu viele Emotionen hervorgerufen. Doch der Schein schien zu trüben.

»Aber ich halte mich nach wie vor gut«, sprach Gerd. »Ich kann sogar mittlerweile kochen, na ja zumindest meint es der Hund meines Nachbarn. Wie sieht es mit dir aus? Frau, Verlobte, Freundin?«

Louis schüttelte andeutungsweise langsam den Kopf, so, als wenn er es Bedauern würde.

»Was machst du Heiligabend, wenn du alleine bist?«

»Heiligabend weckt in mir die trostlosesten Kindeserinnerungen mit einer weinenden Mutter und einen Vater, der den Heiligabend lieber in der Kneipe verbracht hatte. Ich werde mir nichts vornehmen, Fernsehen, Glas Wein trinken und früh schlafen gehen.«

»Ich meine, ich habe auch nichts vor, ich bin auch alleine. Wir könnten zusammen was unternehmen, wenn du Lust hast. Viele Kneipen, Restaurants und Clubs haben sich auf die Menschen eingestellt, die Alleine sind und veranstalten deswegen Feiern. Man könnte dort hingegen, bestimmt wird man da auch nette Leute kennenlernen.«

»Das ist nett von dir, aber Heiligabend und Weihnachten bleibe ich immer alleine.«

»Na gut, war nur ein Angebot. Du kannst es dir ja noch überlegen.«

»Mal sehen.«

Es war mehr oder weniger eine Selbst-Vervollkommnung, eine Vorteils-Ausnutzung, vielleicht sogar ein Selbstfindungstrip, Heiligabend nicht alleine zu verbringen, diesen Tag mal anders zu gestalten, als wie bisher. Vielleicht ist jetzt die Zeit für Veränderungen gekommen, wo Routine und Gewohnheiten beginnen langweilig zu werden, wo einem das Leben fad erscheint. Die einzige Person, die eine Veränderung des Lebens interessant finden muss, ist man selbst, dabei ist es egal, was man tut, solange es funktioniert und man den Willen für Neues hat.

So langsam kam Bewegung auf dem Stand. Der Weihnachtsmann hatte mit dem Aufnehmen der Wunschzettel zu tun und auch Gerd, der Verkäufer hatte mit seinen Tannenbäumen viel um die Ohren.

Eine Dame versuchte über den Preis zu verhandeln, ein Mann mokierte sich über den schlechten wuchs einer Tanne, ein Blick des Verkäufers reichte, um ihn schnell zum Schweigen zu bringen. Dann die Trotz-Reaktion, die Rebellion, die Bockigkeit eines Jungen, der mit den Füßen stammelt und sich so steif macht, dass man ihn nicht mehr in den Buggy bekam. Ein Hund, ein all-inone-Wonder fängt vor dem Imbiss an zu bellen. Etwas Abseits das Geplärre eines Babys, dass im Arm einer Mutter lag, die konzentriert zum Weihnachtsmann schaute und seinen Worten verfolgte.

Ein Kind lief auf den Weihnachtsmann zu und rief:

»Weihnachtsmann, Weihnachtsmann, ich muss mit dir reden. Ich brauche deine Hilfe.«

»Was ist denn mein Kind, du bist ja ganz aufgeregt. Beruhige dich, setz dich auf meinen Schoß und sag mir erst mal deinen Namen.«

»Katja.«

»Gut Katja, dann erzähl mal, was dich bedrückt.«

»Es ist was ganz Schlimmes passiert.«

»Was ist denn schlimmes passiert?«

»Ich habe einen Brief geschrieben und der wurde nie abgeschickt.«

»Nun mal ganz langsam. Was für ein Brief war es denn?«

»Na den Brief an dich. Du weißt doch jetzt gar nicht, was ich mir wünsche und darum bin ich hier um es dir zu sagen.«

»Na da hast du aber Glück, dass du mich hier angetroffen hast.«

»Ja.«

»Also Katja, was wünschst du dir denn, eine Puppe, ein Kaufmannsladen oder ein Fahrrad?«

»Nein, ich will meinen Papa wiederhaben.«

»Äh …, was willst du?«

»Na meinen Papa wiederhaben!«

»Ist denn dein Papa schon lange weg?«

»Als Mama verunglückte, haben sie mich ihm weggenommen. Jetzt ist Papa ganz alleine, aber er braucht mich doch. Du musst das hinkriegen, dass ich meinen Papa wiederkriege.«

Was für eine Situation, was für eine prekäre Lage, wie soll ein Weihnachtsmann auf so einen Wunsch reagieren? Psychologie wäre angebracht, eine Art Navigation die sich mit dem Verhalten anderer Menschen beschäftigt und durch Gespräche in die Tiefen der Seele eindringt.

Katja aber hatte das Bedürfnis, einen wohlmeinenden Beschützer aufzusuchen, den Weihnachtsmann, den Mann, der einst die Herzen anderer mit Freude erfüllte und der jeden Wunsch erfüllen kann. Jeden?

Kinder in dem Alter leben in einer mystischen Welt, in der es Kobolde, Wichtel und Elfen gibt, wo Tiere reden können und wo ständig Wunder geschehen. Eine kindliche Vorstellung, in der alles passieren kann und die es in den Augen der Kinder wirklich gibt. So zum Beispiel, wenn es regnet, dann weint der Himmel; wenn der Ball unter der Kommode liegt, will er schlafen oder wenn Mama krank ist, dann war sie böse.

Doch hier eine entsprechende Antwort zu finden, ohne das Kind zu belügen, ist nicht einfach. Ein schlaues Kind würde ohnehin herausbekommen, dass es nur eine Ausrede war und fühlt sich dann angelogen. Das Vertrauen zum Weihnachtsmann wäre zerbrochen, der Glaube erloschen, das Kind für immer traurig.

Louis ließ sich ein wenig Zeit mit seiner Antwort, überlegte und um nicht nur stumm beim Denken dazusitzen, fragte er:

»Weißt du, wie Mama und Papa sich kennengelernt hatten?«

»Nein, weißt du es?«

»Äh … Ja.«

»Erzähl es mir.«

»Okay Ich will es dir erzählen. Deine Mama traf eines Tages einen Engel und der sprach zu ihr, dass sie einen Mann kennenlernen würde, in dem sie sich verlieben wird. Deine Mama glaubte damals nicht an Engel. Man erkennt sie auch kaum, denn sie tragen ihre Flügel nach innen und sehen so aus, wie du und ich.

Doch eines Tages, da stand deine Mama ganz alleine an einer Haltestelle und wartete auf den Bus, als ein Mann hinter ihr sie ansprach und nach einem Weg fragte. Deine Mama drehte sich um, sah den Mann an und dachte: Das ist er. Sie dachte nicht: Der gefällt mir oder der könnte mir gefährlich werden, nein vielmehr wusste sie, das ist der Mann, in den sie sich verlieben wird. Und er war es dann auch. Beide verliebten sich und hatten dann geheiratet.«

»Und dann kam ich?«

»Ja, und dann kamst du und hast ihr Glück vollendet.«

»Ist das wirklich so passiert?«

»Hm.«

Es ist eine Interjektion, die "Ja" aber auch "Vielleicht" oder "so ähnlich" heißen könnte. Der Weihnachtsmann wusste natürlich nicht, wie sich die Eltern von Katja kennengelernt hatten, aber so abwegig ist die Geschichte ja nun auch nicht. Man sieht jemanden, riskiert einen zweiten Blick und plötzlich fällt es einem wie Schuppen von den Augen und entdeckt in dieser Person "ihren" Mann oder er "seine" Frau. So endete schon öfters das Alleinsein auf einem Sofa.

»Kannst du mir Papa zurückholen? Ich werde auch jeden Tag mein Zimmer aufräumen und mich ganz alleine anziehen.«

»Das glaube ich dir und das ist auch gut so. Aber ich muss erst mit Santa Claus sprechen. Im Moment ist er voll beschäftigt, da darf ich ihn nicht stören, aber nach den Festtagen, da werde ich ihm deinen Wunsch vortragen.«

»Och schade, dann aber nächstes Weihnachten, ja?«

»Weißt du, Santa Claus ist viel mehr beschäftigt, als irgendeine andere Person. Seine Arbeit ist nicht einfach, aber sehr beeindruckend. Er bringt unter anderem Kindern bei, an etwas zu glauben, was man nicht sehen und anfassen kann. Wenn du ganz fest daran glaubst, deinen Papa wiederzubekommen, dann wird Santa Claus dir diesen Wunsch bestimmt auch erfüllen. So was kann natürlich dauern, denn es gibt Millionen von Kindern, die ähnliche Wünsche haben. Aber eins weiß ich, Santa Claus hat noch nie jemanden vergessen.«

»Danke Weihnachtsmann.«

Das Mädchen sprang vom Schoß und verschwand in der Menschenmenge.

Wiedermal neigte sich der Tag dem Ende und kein Kunde erschien mehr auf dem Stand. Auch Louis, der Weihnachtsmann hatte bereits den Stand verlassen und war auf dem Heimweg, während Gerd noch ein wenig zusammenräumte.

Doch bevor er ging, stellte er ein Schälchen Trockenfutter für die Katze hin, welches er kurz zuvor in der Drogerie gekauft hatte, sowie ein weiteres Schälchen mit Wasser, in der Hoffnung, dass es nicht so schnell einfrieren würde.

Dann schloss er ab und verabschiedete sich:

»Tschüss bis morgen, schlaft alle gut. Und wenn die Katze kommt, da steht was zum Fressen.«

8. Man verbindet den Weihnachtsbaum sogar mit Adam und Eva

Die Nacht brach herein, der Himmel war sternenklar. Kaum Wolken waren zu sehen, die wie eine Decke über der Erde liegen würde und damit eine starke Auskühlung verhindert. Kühler Wind frischte auf und ließ die Temperaturen gefühlt in den zweistelligen Minus-Bereich geraten.

Währens die Picea die Blautanne, Doug die Douglasie und auch einige andere Tannen sich ein Stelldichein gaben, dachte Abi an Tommy. Es war schon spät, fast Mitternacht und er war noch nicht da. Eine Fürsorge durchflutete seinen Stamm und jede einzelne Nadel zugleich.

»Wo Tommy nur bleibt«, murmelte er sich in die Zweige.

»Mach dir keine Sorgen, der wird schon kommen«, versuchte Doug zu erklären.

»Las den blöden Dachhasen bloß da, wo der Pfeffer wächst«, rüffelte Picea. »Wenn er längere Ohren hätte, könnte man ihn zur Hasenjagd einsetzen.«

»Du bist ja bloß neidisch, weil ich sein Freund bin und du nicht.«

»Pah, Schleimbeutel!«

»Fichtenmoped.«

»Halleluja-Staude.«

»Jahresendgestrüpp.«

»Heuchelpalme.«

»Achtmal um Kirchturm gewickeltes Dachluken-Gespenst.«

»Du hast wohl nicht mehr alle Nadel an der Tanne.«

»Und dich haben die wohl im Weihnachtsbaum Show-Raum gezeugt.«

»Du hast ja keine Ahnung. Ich habe zwölf Jahre Baumschule hinter mir, du aber nicht, was wiederum beweist, dass ich andere Kenntnisse habe, als du.«

»Pah, ich wuchs in einem privaten Garten auf.«

»Hört auf, ihr benehmt euch wie Xanthippe«, mischte sich Doug ein. »Ich habe euch schon mal gesagt, dass ihr euch nicht immer anmeckern sollt. Wir haben Weihnachten, für die Menschen die besinnlichste und schönste Zeit des Jahres, wo man an Freunde und Bekannte denkt. Und wir, wir sind das Sinnbild für diesen festlichen Glanz. Wir stehen in der Mythologie für die Geburt und das Licht, für Treue und Liebe, für Fruchtbarkeit und

Unsterblichkeit, weswegen wir auch selbst im Winter grün sind.«

»Eins steht fest«, bemerkte die Blautanne noch. »Das nächste Mal komme ich als Elf auf die Welt.«

»Und dann?«

»Was und dann?«

»Ja, wenn du als Elf zur Welt kommst, was machst du dann?«

»Na dann arbeite ich für den Weihnachtsmann in seiner Fabrik und bin für die Gestaltung neuer Spielsachen zuständig.«

»Träum weiter.«

»Vielleicht werde ich sogar sein persönlicher Assistent oder gar ein erfolgreicher Manager, der dann in der ganzen Welt unterwegs ist.«

»Und dann standst du plötzlich mitten in der Baumschule und bist aufgewacht.«

»Sehr witzig. Nein wirklich. Das wäre doch ein Traumjob, oder?«

»Hm … Büros, Konferenzräume und Dienstschlitten haben wollen und andere für sich arbeiten lassen, das sind die Richtigen.«

»Aber als Mitarbeiter muss du flinke Finger haben«, mischte sich Doug in das

Gespräch ein. »Du musst froher Natur sein und einen wachen Verstand haben und nicht bei jeder Kleinigkeit herumzicken, nur weil dir vielleicht ein paar Tannennadeln zu eng sitzen.«

»Nein, nein«, bemerkte eine der Nordmanntannen. »Sie hofft, dass, wenn nach Weihnachten sie den Krieg der Nadeln verloren hat und diese braun gewordenen Pikser zu Millionen ihr zum Stammende liegen, sie als Folge der Reinkarnation als Elf zurückkehren kann …, wahrscheinlich aber nur zu diabolischen Zwecken.«

»Ach Mann, ihr seid doof«, bemerkte die Blautanne eingeschnappt.

»Hach, lieber heimlich schlau, als unheimlich doof«, entgegnete einer der Nordmanns.

»Als Nordmann zu doof und als Fichte zu viel piksende Nadeln«, konterte Doug.

»Pssssst ruhig, ich höre was«, wandte Abi ein.

Es wurde still, alle Bäume lauschten, doch es schien so, als ob der Baum-Hospitation einen Streich gespielt wurde und das Geräusch in Wirklichkeit nur eine perverse akustische Modifizierung des Klangs eines auffrischenden Windes war.

Doch dann wieder dieses Geräusch, dieses leichte Klappern, Rütteln, Scheppern und Rattern. Es lenkte Abi von seinen trübseligen Gedanken ab. Wenn er sich nicht täuschte, schlich sich jemand unter dem Zaun durch und tatsächlich, langsam schleichend näherte sich Tommy.

»Hallo Tommy.«

»Hallo Nordmännchen.«

»Du bist heute spät dran.«

»Ach hör auf. Ich war gerade auf den Weg hierher, da tauchte wieder so ein Asphaltpiranha mit einer intriganten Verbrechervisage auf und rannte mit offenem Maul und heraushängender Zunge hinter mir her. Mann hatte der eine Kondition, wie Iron-Man.

Ich suchte nach einem Schlupfwinkel, wo ich mich verkriechen konnte, aber Fehlanzeige. Der rannte die ganze Zeit hinter mir her, als wenn ich ein Kotelett um den Hals hätte.

So langsam ließen meine Kräfte nach und ich sah, wie der Abstand immer kleiner wurde, wie er aufholte, wie dieses Fettvieh immer näher kam.

Kaum laufen konnte ich noch, mir taten die Beine weh, ich bekam schon Atemnot und mir brannten die Augen von dem eisigen Wind, der mir ständig ins Gesicht schlug. Ich bete zum Gott der Fellkugel und dann …«

»Und dann …, na was und dann? Erzähl weiter«, forderte Abi von Neugier geplagt.

»Nun er erhörte mich und ich sah einen Baum, der meine Rettung wurde. Wir Katzen sind mit messerscharfen Krallen ausgestattet, die wir wie Steigeisen benutzen und so jeden Baum erklimmen können. So kletterte ich den Baum so weit hinauf, bis die Distanz zwischen mir und dieser nutzlosen Nervensäge groß genug war. Der Dummkopf versuchte dann immer wieder, am Baum seine Hochsprung-Fähigkeit zu trainieren. Das sah vielleicht blöd aus, wie ein trampolinartiger Bungeespringer ohne Seil.

Aber bald schon bemerkte er, dass es hoffnungslos sei, sich weiterhin in dieser olympischen Disziplin zu versuchen. Er hatte sich dann hingelegt und gewartet.«

»Und was hast du gemacht?«

»Ich hatte auch gewartete, lag auf einem Ast und beobachtete ihn. Du glaubst gar nicht, wie unbequem so ein Ast sein kann. Wie ein vergessenes Geschenk lag er da unten und es dauerte gefühlte Stunden, bis dieser Döskopp endlich aufgab und verschwand. Ja … und jetzt bin ich hier.«

»Boah, wie cool du bist, wie ein Superheld.«

»Wie ein Superheld? Hallo, sehe ich aus, wie ein Superheld?«

»Nun kein Superheld sieht aus, wie ein Superheld, bis er seine wahre Kraft entdeckt.«

»Hör auf, ich bin eine Katze und das war nichts Besonderes. So was erlebe ich öfters.«

Ein kleiner Aufschneider, dieser Tommy. Würde er seinem Erlebnis als ungewohnte und gefährliche Aktion auslegen, würde er dastehen als Prinz, der eigentlich nur ein Frosch ist. Also tat er seine Ausführungen destruieren beziehungsweise annihilieren, sodass sein Abenteuer beinahe nichts war.

»Du hast eine schlechte Einstellung.«

»Jetzt hör mal zu. Du bist ein Tannenbaum. Um euch dreht sich alles in der Weihnachtszeit. Ihr bringt Freude ins Leben und lässt Kinderherzen höher schlagen. Ich bin nur eine Katze, zumindest für die Menschen. Ich lebe auf der Straße und muss sehen, wie ich zurechtkomme.«

»Auch ein schlechter Ruf kann verpflichten«, murmelte sich die Blautanne kaum hörbar in die Zweige.

»Was sagtest du?«, erkundigte sich Doug.

»Nichts, nichts, rein gar nichts.«

»Du bist heute Morgen so schnell abgehauen«, sprach dann Abi zu Tommy. »Unser Boss wollte dir noch was zum Fressen holen. Er hat dir dafür jetzt was unter den Tannenbäumen gelegt und auch Wasser zum Trinken.«

»Wo?«, bemerkte Tommy etwas irritiert.

»Da, neben dem Einnetztrichter.«

»Wow, gibt doch noch nette Menschen auf der Welt.«

Tommy fing sofort an, die Brekkies zu knacken und es hörte sich an, als wenn ein kleines gepanzertes Meerestier, das mit kräftigen Scheren ausgestattet ist, mit einem Nussknacker aufgebrochen wird.

Ein Ausdruck der Freude entstand, Tommy fing an zu schnurren. Es hörte sich an wie ein leises Schnarchen mit geöffneten Augen und vollgestopfter Mund.

»Der schnurrt ja wie ein Ferrari«, bemerkte Doug.

»Ne eher wie ein frühkindlicher Jaguar«, wurde ihm entgegnet.

»Genau wie ein Jaguar. Jaguars sind dafür bekannt, dass sie wie Katzen schnurren können. Nur …, hm …, die Dinger sollen extrem viel Sprit verbrauchen.«

»Ich glaube, du bringst da was fürchterlich durcheinander. Das eine ist eine Luxuslimousine, die massenhaft Sprit frisst, und das andere ein gefährliches Raubtier mit goldenen und schwarzen Flecken, was schnurrt.«

»Ach wirklich? Und ich dachte immer, es gibt auch andere Lackierungen bei Jaguar wie zum Beispiel Narvik Black, Fuji White oder gar Firenze Red.«

»Oh Mann, wo bin ich hier nur gelandet!«

»Man endlich mal wieder so richtig satt«, meldete sich Tommy, als er das Schälchen mit dem Trockenfutter schrankfertig ausgeleckt hatte und es durch einen lautstarken Rülpser, der den Verdauungstrakt unter sehr hohen Druck verließ, bestätigen ließ.

»Ah-Ohah«, gähnte er. »Müde und satt, wie scheun is dat. Wenn mein Bett ein Hund wäre, würde ich es jetzt heranpfeifen.«

»Na du hast es ja nicht weit.«

»Stimmt. Wenn allzu früh der Morgen graut, dann ist der Tag versaut. Also wecke mich nicht vor Mittag. Ich muss das alles im Bauch erst mal verdauen.«

»Geht in Ordnung.«

»Und zum Frühstück hätte ich dann gerne Lachs mit Mäusegeschmack in Käsesahnesauce.«

»Vielleicht noch ein Drink dazu, ein Whiskas Sour, eine Bloddy Caddy, ein White Russian Cat, ein Miez-Daiquiri oder lieber einen Kuhkatze-Saft?«

»Egal, Hauptsache mit Strohhalm und Cocktailschirm und als Ersatz einer Maraschino Kirsche, eine lebende Maus, die auf einem Eiswürfel sitzt.«

»Träum weiter.«

»Uaaah«, gähnte Tommy. »Mann soviel hatte ich ja noch nie im Bauch. Der ist ja richtig dick. Gute uaaah Nacht.«

»Ja dir auch eine gute Nacht.«

In der Nacht nahm der Wind zu. Es wurde böig. Erreicht nun der Wind eine gewisse Geschwindigkeit und Kraft, dann stehen die Zeichen auf Sturm. Im Sommer ist er ein willkommener Gast und im Winter wird er oft beschimpft. Man kann ihn aber gut zum Säubern verstaubter Straßen einsetzen.

Aktiver sind Tornados. Sie können mit einem Staubsauger verglichen werden, der mit seiner ungeheuren Saugkraft und der unendlichen Gier sämtliche ihm im Wege stehenden Gegenstände fachgerecht entsorgt.

Ein Hurrikan oder auch Wirbelsturm wiederum kann man mit einem Bandscheibenvorfall vergleichen, wo zum Schluss vom Rückengrad nur noch eine bandartige Struktur mit einzelnen knöchernen Trümmern übrig bleibt.

In diesem Moment erfasste ein kräftiger Windstoß den Bauzaun und verbog eine der Verbindungsschellen, mit dem die Bauzäune ineinander verbunden waren. Der gelöste Zaun fiel dabei um und riss die nächsten drei Elemente mit sich.

Auch der Pavillon blieb nicht unverschont, wurde kurz vom Wind angehoben und auf die Seite geweht. Ein kurzer Windstoß trieb ihn noch gegen den Bauzaun, wo er dann soweit unbeschädigt hängen blieb.

Selbst den vier Tannen, die dekorativ um den Thron herumstanden, blies der Wind gehörig durch die Zweige, ließ Nadel aufwirbeln und kleinere vertrocknete Äste brechen.

Die kleinen funkelnden Sandkörner, die als Streugut die Fußgängerzone eis- und frostfrei halten sollen, wurden über die Wege hinweg geblasen und landeten in den ungeschützten Zweigen der Tannenbäume.

Auch an dem umliegenden Weihnachtsdorf, mit seiner Vielzahl an kleinen Hütten und Buden mit weihnachtlichem Zubehör wie Weihnachtsmänner, Schneekugeln, Rentiere und elektrische schnurrgebundene Lichterketten, sowie Stände mit Kunsthandwerk, Glühwein, Kinder-Unterhaltung, Backwaren und natürlich Speisen und Getränke, machte sich der Sturm zu schaffen. Umgekippte Mülltonnen rollten den Weg entlang, die darin entsorgten leeren Verpackungen, Kartons, Papier und Plastikfolien flogen durch die Gegend.

Bäume auf dem Marktplatz, die im Sommer den darunter befindlichen Bänken Schatten boten und zur Advents- und Weihnachtszeit mit Lichterketten geschmückt wurden, standen plötzlich ohne Schnee da, als wenn er abgeschüttelt wurde. Ein Windstoß hatte ihn von den blattlosen Zweigen rutschen lassen und ließ die Bäume nun kalt und erfroren aussehen.

Dann auf einmal flaute er Wind ab und weiße Flocken schwebten vom Himmel herab. Langsam legte sich eine weiße Decke auf die Fußgängerzone und begrub das herrschende Chaos. Auch auf den kahlen Zweigen der Bäume häufte sich der Schnee und ließ die Zweige wieder märchenhaft aussehen.

Schwach leuchteten die Laternen, als die Schneeflocken gemächlich durch das weiche

Licht schwebten. Es sah aus, wie eine Schneekugel, die kurz zuvor geschüttelt wurde.

Noch vor der Dämmerung rückte das Kommando eines Schneeräumdienstes mit Schneeschieber und Streugut an, um der Verpflichtung der umliegenden Mieter nachzukommen, für freie und enteiste Wege zu sorgen.

Bis an den Tannenbaumstand räumten sie die Flächen frei. Dann sahen sie den umgekippten Bauzaun und schon verspürte einer des Trups eine ganz persönliche Verlockung.

»Ist das eine Einladung?«, sprach er.

»Eine Einladung, wofür?«, antwortete der andere.

»Hast du schon einen Weihnachtsbaum?«

»Ich glaube an so einen Kram nicht, wo man Geschenke untern Baum legt und so. Wenn ich jemanden was schenken will, mir die Mühe mache und in ein Geschäft gehe, um etwas Schönes zu suchen, dann will ich auch, dass die Person weiß, dass es von mir kommt. Und dafür brauche ich keinen Tannenbaum.«

»Aber es ist ein jahrhundertealter Brauch, einen liebevoll geschmückten Tannenbaum mit Kugeln, Lametta, Kerzen und Figuren in der Wohnung zu haben. Da geht einem doch das Herz auf, wenn die Kinder mit offenen Mündern davor stehen und die tolle Pracht des Weihnachtsbaumes bewundern.«

»Weißt du, man verbindet den Weihnachtsbaum sogar mit Adam und Eva, mit dem Naschen der verbotenen Frucht und der Vertreibung aus dem Paradies. Die Frucht wurde durch einen roten Apfel dargestellt, der an einem Baum hing, an einem Baum, der auch am Heiligabend noch grün war.«

»Und welcher ist es?«

»Na welcher Baum ist wohl am Heiligabend noch Grün, he? Der Tannenbaum natürlich, du Intelligenz-Allergiker.«

»Stimmt!«

»Na ja, man muss aber nicht alles glauben, was einem aufgebunden wird.«

»Hm … na ja, auch wenn du kein Interesse hast, werde ich mir mal einen schicken Weihnachtsbaum aussuchen.«

Er schritt auf die Tannen zu, die umgefallen neben dem Thron standen. Beim Aufrichten schüttelte er sie, sodass der Schnee von den Zweigen fiel und schaute sie sich ausgiebig an. Dann nahm er Abi, die Abies nordmanniana, und sprach:

»Hey was hältst du von dem hier? Die sieht gut aus.«

»Zieh mich da nicht mit hinein. Einen Tannenbaumstand zu beklauen, ist genauso, als wenn man auf einen Friedhof die Blumen von einem fremden Grab wegnimmt.«

»Nun stell dich mal nicht so an, als ob du noch nie was geklaut hättest.«

Im selben Augenblick fing Tommy mächtig an zu knurren, und zwar so laut, dass die beiden Männer sich total erschraken. Besonders in der Nacht, wenn Geräusche, die am Tag erzeugt werden, nicht mehr vorhanden sind, wenn Hintergrundgeräusche einfach fehlen, dann kommt einem das Knurren einer Katze vor, als wenn ein Tier, dass von den Menschen als König bezeichnet wird, würgeähnliche Geräusche von sich gibt.

»Was war das?«

»Keine Ahnung. Bestimmt ein Wachhund, ein Bullterrier, eine Dogge oder so, der zu diesem Stand gehört. Las uns lieber abhauen.«

»Du hast recht. Ich kann mir ja nachher einen kaufen. Der scheint hier ganz flotte Dinger zu haben.«

Und so verschwanden die beiden wieder.

9. Der Weihnachtsmann ist einer der beliebtesten Männer der Welt

Der nächste Tag brach herein, es war der Tag vor Heiligabend. Für viele ein hektischer Tag. Es werden noch schnell die letzten Geschenke besorgt. Man genießt die regierende Endzeitstimmung in den Einkaufzentren der Stadt, wo man sich an den Kassen drängelt und wo eine Stimmung herrscht, als wenn es morgen nichts mehr gäbe.

Autos nehmen sich gegenseitig die Vorfahrt, einige beschimpfen sich auf brutalster Weise, andere parken in zweiter und dritter Reihe.

Ein Mann schimpft über die Autoschlange, die sich selbst bei Grün nicht veränderte, die Frau zürnt, weil sie kein Termin beim Friseur bekam, das Kind fängt an zu schreien, weil es Hunger hat.

Ein ganz normaler Vorweihnachtstag. Das vorletzte Türchen am Weihnachtskalender wird geöffnet und wie hinter jeder Tür befindet sich auch diesmal ein kleines Präsent.

Kinder werden immer aufgeregter und wahrscheinlich zum fünfundzwanzigsten Mal fragen:

»Mama wie oft noch schlafen, bis der Weihnachtsmann kommt?«

»Einmal noch schlafen und dann kommt der Weihnachtsmann und bringt den braven Kindern ihre Geschenke.«

»Einmal nur noch? Glaubst du, dass der Weihnachtsmann meinen Wunschzettel gefunden hat?«

»Bestimmt! Auf den Weihnachtsmann kann man sich verlassen.«

»Und nur noch einmal schlafen?«

»Ja, nur noch einmal schlafen!«

Wenn dann noch am wolkenfreien Himmel die Sterne glitzern und einer besonders hell erscheint, dann ist es der Weihnachtsstern, der die Vorfreude auf Weihnachten bei den Kindern noch größer werden lässt.

Und wenn am Heiligabend der Braten genuss- und geräuschvoll niedergemetzelt wurde und es dann in die gute Stube geht, wo der Tannenbaum in seiner schönsten Vollendung leuchtet, geschmückt mit glamourösen Ornamenten und bunten Farben und jeden zum Erstaunen bringt, dann ist das nicht nur das Fest der Familie, sondern auch das Fest der Liebe geworden.

Gegen Mittag kam Gerd, sah und staunte. Ein demolierter Zaun, der aussah, als wenn ein Fahrzeug beim Rangieren rückwärts dagegen gefahren ist.

»Welcher Laster hat denn hier nach Gehör geparkt?«, fragte er sich.

»Das war bestimmt kein Laster«, hörte er eine Stimme hinter sich sagen, drehte sich um und sah in das Gesicht eines pummeligen Mantelträgers in Rot/weiß. Es war Louis, der sein Job des himmlischen Glaubens nachgehen wollte.

»Wie kommst du darauf?«

»Nichts von dem Sturm heute Nacht mitbekommen?«

»Äh … ne, wieso?«

»Hast du den Wetterbericht gestern nicht gesehen, wo sie von einer tropischen Horrorgeschichte sprachen? Sag bloß, du hast das Ereignis der Nacht verpennt, als der Sturm Zu-nahm-se übermenschliche Kräfte entwickelte, sich, wie ein Tornado durchs Land fraß und Bäume entwurzelte, den Schienen- und Flugverkehrs lahmlegte und Menschen evakuiert wurden, die dann in Schule und Bahnhöfen ausharren mussten?«

»Was so schlimm?«

»Viel schlimmer. Einer zukünftigen Weihnachtsgans wurde von dem Sturm brutal eine Feder aus dem Körper geblasen. Auch der hohe Verlust einer Ente wäre fast zu beklagen gewesen, als sie ihrem Schicksal ins Auge sah.«

Wow, dachte sich Gerd, der will mich doch tatsächlich verarschen. Er atmete tief durch, versuchte sich zu entspannen und sprach dann:

»Okay, dann nehme ich ein "I" und möchte lösen: Idiot!«

»Danke aber warum? Wir haben heute Nacht wirklich Sturm gehabt, wenn auch nur kurz. Na ja die eigentlichen Schäden sind weitaus geringer ausgefallen, auch die Gans behielt ihr komplettes Federkleid und die Ente, die hatte ihre knusprige Hülle mit Barbecue-Aroma noch nicht verdient. Aber wenn du dich mal umsiehst, einige Buden haben ein bisschen mehr abbekommen, als nur ein umgestoßener Zaun.«

Die Logik sprang ihm ins Auge und tatsächlich, einige Buden standen leicht demoliert da. Bei einem ist das Dach aus der Rahmenkonstruktion gerissen, bei dem anderen sind die Öffnungsklappen aufgeschlagen, bei einigen ist der Volant gerissen, bei anderen die Dekoration weggeflogen.

»Nah gut, dann hilf mir mal den Zaun wieder aufzustellen, bevor man denkt, es wäre hier ein fünf-Finger-Discountladen.«

Danach stellten sie den Pavillon wieder auf und richtete alles wieder so her, als wäre nichts gewesen.

Louis nahm seinen Platz auf den Thron ein und wartete, dass Kinder seinen Schoß zum Sitzen aufsuchten. Gerd hingegen fegte noch den Platz ab, damit alles ein bisschen sauber wirkt. Dabei bemerkte er, dass das Schälchen mit dem Trockenfutter leer war.

»Oh, ist der kleine Racker doch wieder dagewesen.«, und im selben Augenblick auch schon kroch Tommy aus den Tannen heraus und gähnte erst mal herzhaft.

Dieses mustergültige Gähnen kann vieles bedeuten, zum einen kann es Langeweile ausdrücken, also der Mangel an Beschäftigung oder aber auch Müdigkeitssignale andeuten, weil man noch nicht ganz ausgeschlafen hat. Dann fing er an zu schnurren.

»Hey, da bist du ja«, sprach Gerd zu Tommy und versuchte dann, diese Lautäußerung durch Streicheln zu verstärken. Es ist herrlich und könnte entspannter nicht sein, doch dauerte es nicht lange, da machte er sich wieder vom Acker.

»Warte doch, ich habe noch Fresserchen für dich.«

Doch Tommy verstand wiedermal die Geste nicht, lief zu dem geöffneten Bauzaun und war dann kurzerhand auf dem Blickfeld verschwunden.

»Hm …«, bemerkte Gerd Schulterzuckend und ging auf Louis zu.

»Na hast du dir das mit Morgen noch mal überlegt?«

»Was ist mit Morgen?«

»Na morgen ist Heiligabend. Ich dachte, wir beiden Weihnachtsmuffel ändern mal unsere Sichtweite und unternehmen was, gehen irgendwo hin, wo was los ist, wenn du verstehst was ich meine.«

»Nein, ich bleibe lieber allein, da habe ich meine Ruhe, kein Stress und auch kein Streit.«

»Ich wollte keinen Streit mit dir anfangen.«

»Das war auch nur symbolisch gemeint.«

»Symbolisch oder nicht symbolisch gemeint. Meistens sind es ja sowieso nur belanglose Dinge, die einem stören und die einen Streit auslösen, wie zum Beispiel, dass man seine Schuhe nicht in den Schuhschrank stellt, dass gewaltsame Zusammenquetschen der Zahnpasta-Tube, das schmutzige Geschirr, das nicht in, sondern auf der Spülmaschine landet, der nicht heruntergeklappte Klodeckel, die Bartstoppeln im Waschbecken und einige andere Aufhänger.«

»Aha und das alles passiert dir wohl nicht, oder?«

»Nicht wirklich. Ich habe bereits in jungen Jahren gelernt, auf solche Dinge zu achten. Doch eine Sache hatte meine Frau gestört, worauf sie mich ein einziges Mal ansprach und bat, nach dem Duschen die Wanne auszuspülen. Ich höre diese Worte noch heute und jedes Mal, wenn ich aus der Dusche steige, muss ich schmunzeln. Sie hatte ihren Impuls in optimale gefühlvolle Worte gekleidet, die sich anhörte, als sei es eine Liebeserklärung.«

»Das muss schön gewesen sein.«

»Ja, das war es auch. Man konnte einfach nicht mir ihr streiten, wir hatten auch nie einen Grund gehabt, wir waren seelenverwandt. Ja sie war eine tolle Frau und es gab so vieles, was ich an ihr mag. Das Lächeln, das mich aufbaute und die warmen Hände, die mir Kraft gaben. Ihre Augen, in denen ich mich jedes Mal verlor und Gefühle, die mich jedes Mal übermannten. Ihre Lippen, wenn sie mich küsste und alles andere. Sie war das Wichtigste für mich und das Beste, was mir bisher passieren konnte.«

»Und wie verbringst du den morgigen Tag?«, fragte Louis.

»Ich? Hm …, dass Gute ist, es braucht keine Weihnachtsgans zubereitet zu werden, nur weil die Schwiegermutter es wünscht. Man braucht sich auch keine Gedanken zu machen, welche Familie zuerst besucht wird und ob die Geschenke gut ankommen.

Ich werde wahrscheinlich die Nordmanntanne schmücken und mich der zauberhaften Atmosphäre hingeben. Dazu mache ich mir Kartoffelsalat mit Würstchen und zünde ein paar Kerzen an. Nach dem Essen werde ich mich auf der Couch lümmeln und Weihnachtslieder hören oder Weihnachtsfilme ansehen. Aber bis dahin habe ich hier noch zu tun, schließlich muss ich noch die restlichen Weihnachtsbäume an den Mann bringen.«

»Ja tut das.«

»Weißt du, es gibt mehrere Möglichkeiten an einen Tannenbaum zu kommen. Die eine besteht darin, in einen Baumarkt oder Supermarkt zu gehen und gegebenenfalls sich dort einen zu besorgen. Eine weitere Möglichkeit ist das Aufstellen einer künstlichen Tanne, die man in Kartons transportieren kann und die nicht Nadeln. Doch der Trend geht immer weiter zum Kauf beim Weihnachtsbaumstand oder direkt beim Erzeuger, wegen der komfortablen

Qualität, der Frische und dem Preis ohne Zwischenhandel.

Heute und morgen wird noch einer der umsatzstärksten Tage werden und ich hoffe, dass ich alle verkaufen kann, schließlich ist jeder am Heiligabend nicht verkaufte Baum ein verlorener Baum, der jahrelang gepflegt wurde und seinen Preis hatte.«

Gerd wandte sich von Louis ab, setzte sich zu einem Stapel von Tannen und wartete auf Kundschaft. Dabei beobachtete er Louis und sprach gleichzeitig zu den Tannen:

»Eigentlich wollte ich gar keinen Weihnachtsmann haben, aber jetzt bin ich froh, dass er da ist. Louis hat eine wunderbare Art bei Kindern und auch bei dessen Eltern anzukommen, die glauben alle, der ist wirklich ein Weihnachtsmann.

Wisst ihr, ich hatte schon mal einen Weihnachtsmann gehabt, der war vor lauter Alkohol so weggetreten, dass der ständig vom Thron fiel. Uffa, lallte er auf den Boden liegend, is dat ein Windtt heude, ka man kaum mer stehn. Und dann die ganze Zeit sein Grinsen, wie so ein Voodoo-Trance-Tänzer. Dabei rief er immer: Ho-ho-hol mir mal ein Bier.

Mag ja für manche witzig gewesen sein, aber es war nicht geschäftsfördernd. Den hatte ich dann rausgeschmissen und es mal selber versucht. Puh … Tannenbäume verkaufen und gleichzeitig den Weihnachtsmann spielen, das war schon ganz schön anstrengend. Aber so gut wie Louis war ich bei Weitem nicht. Aber dafür war's lustig. Ich kann mich noch gut an ein Mädchen erinnern.«

Und so fing er an, eine Anekdote aus seiner Weihnachtsmannzeit zu erzählen:

Eines Tages kam ein junges Mädchen zu ihm, na ja mehr eine junge Frau und fragte:

»Darf ich mich auch auf deinen Schoß setzen?«

»Vergiss es«, hatte er zu ihr gesagt. »Du bist doch viel zu alt, um noch an den Weihnachtsmann zu glauben.«

»Sag das nicht. Ist es nicht die Aufgabe des Weihnachtsmannes Freude und Glück zu verbreiten? Es heißt doch, der Weihnachtsmann sei für jeden da, niemand kann sich ihm entziehen. Auch wenn wir glücklich sind, gibt es immer wieder Probleme, mit denen man sich belastet. Manchmal sind sie groß, aber irgendwie nicht gerade überwältigend.

Ganz ähnlich ging es doch auch dem jungen Paar, welches vor über zweitausend Jahren fliehen musste und Asyl in einem

Stall fand, in Bethlehem, wo die Frau auch noch hochschwanger war.«

»In der biblischen Geschichte scheinst du dich ja ganz gut auszukennen, aber nun mal raus mit der Sprache, was willst du wirklich«, forderte er.

»Ich brauche mal dringend deine Hilfe.«

»Meine Hilfe? Na dann schieß mal los.«

»Also weißt du, ich bin manchmal ein Schussel und vergesse ab und zu mal was. Na ja ich habe einen Freund und letztens habe ich die Pille vergessen und die Pille danach auch. Ich bin wohl oder übel schwanger. Könntest du nicht Heiligabend bei uns vorbeikommen und meinen Eltern die frohe Botschaft übermitteln, dass sie Oma und Opa werden. Ich schließe mich solange in mein Zimmer ein.«

Bei solchen Bitten muss man feinfühlig, einfühlsam und sensibel sein. Da hilft kein Fachsimpel, dann könnte sie auch zur Schwangerschaftsberatung gehen oder wichtigtuerisches Kundtun, der Weihnachtsmann ist schließlich kein Macho. Man muss schon aufmerksam und gefühlvoll interpretieren können. Tja so läuft es manchmal.

Es beweist sich immer wieder, dass der Weihnachtsmann einer der beliebtesten Männer auf der Welt ist, besonders bei den

Kindern und manchmal auch bei älteren Kindern. Er kann viele Wünsche der Menschen erfüllen, einige allerdings nicht.

Doch auch bei all den Schwierigkeiten und den nicht ganz normalen Anforderungen ist der Job als Symbolfigur des weihnachtlichen Schenkens doch der Schönste überhaupt.

»Wisst ihr«, sprach Gerd weiter zu den Tannen, »eines Tages, da fand ich einen Brief auf meinen Weihnachtsmann-Stuhl. Ich trage ihn seitdem immer mit mir, wenn ich Weihnachtsbäume verkaufe. Ich lese ihn euch mal vor.«

Er holte einen Brief auf seiner Tasche, zog das über kreuz gefaltete Schreiben heraus, schlug es vorsichtig wie ein altes Artefakt auf, wie eine sakrale Kostbarkeit und fing an zu lesen:

"Lieber Weihnachtsmann.

Ich wünsche mir nur zu wissen, dass es Felix im Katzenhimmel gut geht, mehr nicht. Bitte sag mir, ob er gut angekommen ist. Er ist nämlich schon ein bisschen alt und sieht nicht mehr so gut. Bitte helfe ihm, falls er sich auf dem Weg nach oben verlaufen hat. Ich warte auf deine Antwort. Lisa."

»Ja so was rührt einem«, bemerkte er, faltete den Brief wieder zusammen und ließ ihn in seiner Tasche verschwinden.

Der Trubel fing langsam an, der Marktplatz füllte sich. Egal wo man hinsah, überall bildeten sich auf einmal Menschenschlangen. Selbst am Postamt ist die Schlange aufgrund der vielen Pakete, die noch schnell verschickt werden mussten, länger als sonst.

Vereinzelnd sah man Väter mit Kind über den Weihnachtsmarkt schlendern, damit die Ehefrau ungestört die Zutaten für das üppige Festmahl und für den Christstollen besorgen kann.

Die ersten Kunden betraten den Weihnachtsbaumstand. Ein Junge schritt auf den Weihnachtsmann zu.

»Na junger Mann, wie heißt du denn?«

»Gunnar!«

»Gunnar und was wünschest du dir?«

»Nichts Besonderes. Ich wünsche mir nur eine neue Mutter.«

»Eine neue Mutter?«

»Ja, meine jetzige Mutter schimpft immer.«

»Warum schimpft sie immer?«

»Weil ich meine Schwester ärgere.«

»Und warum ärgerst du deine Schwester?«

»Weil sie doof ist.«

»Eine Schwester ist nie doof. Sie ist etwas Besonderes. Die Liebe unter Geschwistern ist eine Beziehung für das ganze Leben. Da geht es nicht immer harmonisch und reibungslos zu. Gerade bei Schwestern geht es manchmal sehr Komplex zu und doch stehen sich Geschwister näher als man denkt.

Anders als Freunde sind Geschwister für immer. Wir wählen sie nicht aus, sondern sie werden uns von unseren Eltern sozusagen mit ihrer Geburt geschenkt. Sie sind aus demselben Eisen geschmiedet wie wir, aber trotzdem ein bisschen anders.

Denke immer daran, wenn du hingefallen bist, wird deine Schwester die Erste sein, die dir hilft - nachdem sie aufgehört hat zu lachen. Es gibt nichts Schöneres auf der Welt als Bruder und Schwester. Kein Band im Leben hält fester, wenn einer zu den anderen hält.

Du kannst deiner Schwester ruhig mal sagen, wie besonders sie für dich ist. Liebe Worte können auch ohne jeglichen Anlass eine große Freude bereiten. Und wenn du das verstanden hast, dann wird auch deine Mutter keinen Grund mehr haben, mit dir zu schimpfen.«

Der Junge schaute den Weihnachtsmann mit nachdenklichen Augen an, rutsche dann vom Schoß und entfernte sich mit gedankenvollem Blick.

Ein kleines Mädchen kam und ohne lange zu überlegen, krabbelte sie, als wenn es das Selbstverständlichste auf der Welt war, auf den Schoß des Weihnachtsmannes. Dabei griff sie ihn an den Händen und sagte:

»Kannst du mir eine Geschichte erzählen?«

»Eine Geschichte?«

»Ja, Papa sagte, du kennst so viele.«

»Hm …, na gut, dann las mich mal überlegen. Gut … kennst du die Geschichte von dem kleinen Tannenbaum?«

»Nein.«

»Es war mal eine Tanne, die war sehr traurig, weil sie klein war und nicht so groß wie die anderen. Sie wollte auch ein Christbaum sein, wie alle die anderen.

Eines Tages kam ein Mann mit einem kleinen Mädchen, so groß wie du und wollte einen Christbaum kaufen. Sie schauten sich um und plötzlich sagte das Mädchen zu ihrem Papa: Die da, die will ich haben. Dabei zeigte sie auf diese kleine Tanne und der Papa schaute sie sich an und nickte dann zufrieden.

Auf einmal bekam die kleine Tanne Angst. Sie hatte von den anderen Tannen gehört, dass man mit einer großen Axt auf sie einschlagen würde. Die kleine Tanne ließ ihre Nadeln hängen und auch die Zweige fingen an zu baumeln. Sie wurde auf einmal trauriger denn je.

Doch dann aber sah sie, wie der Verkäufer nicht mit einer Axt, sondern mit einem Spaten herankam. Er fing an, sie auszugraben und setzte sie dann in einen Topf. Schlagartig stellte die kleine Tanne alle Nadel ihre wieder auf, reckte und streckte sich und war begeistert, nun doch ein Christbaum zu werden.

Am Heiligabend holte der Papa des kleinen Mädchens die Tanne vom Balkon ins Wohnzimmer und fing an, sie zusammen mit seiner Tochter zu schmücken.

Sie wurde wunderschön. An ihrer Spitze balancierte ein Engel, der über mehrere Dutzend elektrischen Weihnachtskerzen thronte. Ihr warmer Schein reflektierte sich in unzähligen bunten Christbaumkugeln und ließ das Lametta sowie auch das Engelshaar geheimnisvoll glänzen.

Die kleine Tanne war überglücklich und auch das kleine Mädchen tanzte den ganzen Tag um den Baum herum. Als am Abend der Weihnachtsmann kam und die kleine Tanne sah, was meinst du, was er als Erste gesagt hatte?«

»Keine Ahnung.«

»Er sagte: Was habt ihr doch für ein wunderschönes Christbäumchen.«

Zufrieden lief das Mädchen zu ihrem Papa und fing an, aufgeregt die Geschichte von dem kleinen Tannenbaum zu erzählen.

10. Bei uns gibt es dieses Jahr kein Weihnachten

Der Nachmittag verlief erfolgreich. Seine Taktik wiedermal einen Weihnachtsmann zu bestellen und damit die Kinderaugen erstrahlen zu lassen und auch dessen Eltern damit zu überraschen, war sehr erfolgreich.

Einen passenden Weihnachtsmann zu finden ist gar nicht so einfach. Für Zuhause bieten Firmen diesen speziellen Service an, um Kinder zu überraschen. Dabei sollte ein Weihnachtsmann individuell auf die Kinder eingehen können und schon von Anfang an es mit einbeziehen, wie zum Beispiel: dass es mithelfen soll, den schweren Sack zu tragen und sich auch mal von den Kindern leiten lassen, wenn sie doch lieber vorher erst mal ihr Zimmer oder ihre Spielsachen zeigen wollen.

Auch das eventuelle Vorsingen sollte vorher mit den Eltern abgestimmt sein und ein Lied gewählt werden, was es kann. Wenn dann der Weihnachtsmann nach diesem bewussten Lied fragt und dabei noch hinzufügt, dass es wohl niemand kennen würde, dann sind Kinder besonders stolz, weil gerade sie das Lied beherrschen.

Wer aber bei einem Weihnachtsmann auf Verkaufsständen eine maßgeschneiderte Dienstleistung erwartete, wie sie im Kreise der Lieben, der Familie und der Freunde stattfindet, der ist falsch gewickelt.

Hier wird improvisiert, Fantasie gezeigt, unvorbereitet alles aus dem Stegreif ausgeführt, eine Extempore gegeben. Schließlich kommen Kinder ohne Termin, ohne vorher ein Gespräch mit deren Eltern geführt zu haben, ohne die Gewohnheiten des Kindes überhaupt zu wissen. Hier muss man individuell auf Kinder eingehen, denn jedes Kind reagiert anders. Und da ist Louis der absolute Bestseller.

Tja nicht das Seidenfutter macht den Mantel wertvoll, sondern die Person, die ihn trägt.

Es fing mal wieder an, zu schneien. So langsam verfärbte sich der Marktplatz in Weiß. In weichen Flocken rieselte der Schnee ganz sachte fast schwerelos zu Boden und glitzerte wie eine schützende Decke.

»Oh, es schneit«, sprach ein Kunde zu Gerd, der sich gerade für eine Douglasie interessierte.

»Ja so wie es aussieht, kriegen wir wohl doch noch eine weiße Weihnacht.«

»Das wäre doch bestimmt gut für ihr Geschäft.«

»Geld regiert zwar die Welt, aber nur die Liebe und Familie sind das, was dem Leben den richtigen Stellenwert gibt.«

»Obwohl ein üppiges Bankkonto dabei sicher nicht schaden könnte. Ich hoffe nur, dass meine Frau meins nicht zu sehr strapaziert hat«, fügte der Käufer mit einem hoffnungsvollen Blick hinzu.

Dabei schob Gerd die Douglasie in das Einnetzgerät, einen Einziehtrichter mit gleichschenkeliger Trapezform, den der Baum dann im genetzten Zustand wieder verließ.

Eine Gruppe Erstklässler betrat den Stand. Ihr heutiger letzter Schultag galt der Schulveranstaltung und soll der Anschauung eines Weihnachtsmarktes dienen. Dabei ist natürlich der Besuch beim Weihnachtsmann unumgänglich. Eine Herausforderung für Louis, der nun vor einem Pulk kindlichen Staunens saß.

Doch nicht jedes Kind ist entzückt, auf diesen fremdartigen, bärtigen Mützenmann zu treffen, was auch verständlich ist, da vielen Kindern bereits der Glaube an das kulturelle Fest genommen wurde.

»Mama sagt, du bist nicht der Weihnachtmann, der die Geschenke bringt«, bemerkte eins der Schulmädchen geringschätzig aus sicherer Entfernung.

»Weißt du, vor vielen, vielen hundert Jahren, da hat der Weihnachtsmann die Kinder auf der ganzen Welt ganz alleine besucht und die Wunschzettel entgegengenommen. Aber es wurden immer mehr Kinder auf der Welt geboren und irgendwann schaffte er es nicht mehr alleine. Er musste sich was einfallen lassen und so schaffte er sich Weihnachtsmannhelfer an. Und einer von denen bin ich. Den richtigen Weihnachtsmann erkennst du an seinem Bart, der ist nicht richtig weiß wie meiner, sondern so ein bisschen gelblich und seine Augen, die Funkeln wie Diamanten.«

Das Mädchen stand plötzlich da und war ein bisschen irritiert. Mit so einer weisen Rückäußerung hatte sie nicht gerechnet. Ungläubig riss sie dabei ihre Augen auf, öffneten leicht ihren Mund, um was zu sagen, doch sie brachte kein Wort heraus.

»Ihr könnt euch auch gerne auf meinen Schoß setzen«, erwähnte dann der Weihnachtsmann und sah dabei in die Menge der Kinder. »Aber bitte nicht alle auf einmal. Wer möchte denn gerne zu mir kommen?«

Ein Junge kam. Der Weihnachtsmann hob ihn hoch und setzte ihn auf seinen Schoß.

»Na mein Kind, was wünschst du dir vom Weihnachtsmann?«

»Ich will ein Hündchen, ein Pony und ein Swimmingpool, aber einen beheizten.«

»Aha, einen beheizten. Oh das wird schwierig sein. Sei nicht traurig, wenn er es dieses Jahr nicht schafft. Du musst dann nächstes Jahr einfach nochmal nachfragen.«

»Doch das wird schon klappen, du wirst sehen.«

Der Junge rutschte daraufhin vom Schoß und verschwand.

»Und wer möchte jetzt auf meinen Schoß Platz nehmen?«, fragte Louis.

Doch es traute sich keiner. Es ist die Angst, dieser imposanten Erscheinung mit tiefer Stimmer und väterlicher Autorität entgegenzutreten. Meist ist der Weihnachtmann noch mit einem Buch ausgestattet, indem er die guten und auch die schlechten Taten der Kinder nachlesen kann. Eine Art Sündenregister, in dem potenzielle Übeltäter registriert sind.

Für viele Kinder ist es unangenehm, wenn fremde Leute von diesen Taten hören und der Weihnachtsmann anschließend dann noch mahnende Worte spricht. Dabei starrte man diesen Respekt einflößenden verkleideten Mann mit großen Augen an und hoffte, dass nichts Verwerfliches in dem Buch über einem stehen würde.

Früher war es beabsichtigt, Angst vor den Weihnachtsmann zu kriegen, worauf auch manchmal die Rute zu pädagogischen Zwecken zum Einsatz kam. Ein Grund aus der Gefahrenzone in die Ruhezone zu verschwinden, meist unters Bett.

Heute kann man es sich gar nicht mehr vorstellen, dass der Weihnachtsmann mal Kinder verhauen hatte.

Doch Louis hatte weder eine Rute noch ein Buch dabei, nur seine eingeschränkte Mimik, welche sein Gesicht allerdings durch den Bart, der Augenbrauen, der Perücke und der Zipfelmütze stark verdeckte, konnte man erkennen.

Die Schulklasse verließ wieder den Platz und zurück blieb eine Traube Erwachsener mit und ohne auch Kind.

Ein kleines Mädchen drängelte sich durch die Menge und blieb davor stehen. Sie hielt einen halben Kopf kleineren Jungen an der Hand, dem sie was ins Ohr flüsterte. Dann schob sie ihn nach vorne und der Junge mit den blond gelockten Haaren, den kleinen und kurzen Beinen kam langsam auf den Weihnachtsmann zu.

»Na junger Mann«, sprach der bärtige Mann in Rot/weiß. »Was hast du denn für einen Weihnachtswunsch?«

»Bei uns gibt es dieses Jahr keine Weihnacht.«

»Keine Weihnacht? Warum nicht?«

»Meine Schwester meint, Papa hat kein Geld dafür.«

»Wo ist denn deine Schwester.«

»Da«. Er zeigte mit dem Zeigefinger auf das Mädchen, das in der Menge stand und aufmerksam zuhörte.

»Dann komm doch auch du mal her zu mir«, beschloss der Weihnachtsmann und winkte sie zu sich.

»So ihr beiden, dann erzählt mir doch mal, warum es bei euch keine Weihnacht gibt.«

»Weil Papa kein Geld hat.«

»Und warum hat denn der Papa kein Geld?«

»Weil Papas Auftraggeber nicht bezahlt hatte.«

»Und der davor hat auch nicht«, flocht der Junge noch mit ein.

»Und ohne Geld«, fuhr das Mädchen weiter fort, »kann Papa keinen Weihnachtsbaum kaufen und auch keine Weihnachtsgeschenke.«

»Hm …, das ist nicht gut.«

Der Junge fing an, schluchzend zu weinen. Tränen traten in seine Augen und rannen seinen Wangen herunter. Er verlor seine Selbstbeherrschung. Louis tröstete ihn, so gut er konnte und auch seine Schwester nahm ihn in den Arm und besänftigte ihn.

»Als Mama noch da war, hat sie alles mit Weihnachten klar gemacht und auch mit dem Weihnachtsmann gesprochen«, sprach er dann wimmernd weiter.

»Wo ist denn eure Mama?«

»Im Himmel«, antworteten beide synchron.

»Oh.«

»Weißt du Weihnachtsmann, ich habe von der Weihnachtsmann-Fabrik geträumt. Die war voller Spielsachen, mit Autos von Lego, Burgen mit richtigen Ziegeln und Zement, da waren Zauberkästen, Action-Figuren und Monster-Trucks. Da gab es so viel zu sehen. Ich habe dann meinen Wunschzettel geschrieben. Auf keinen Fall wollte ich mir was Falsches wünschen oder zu viel oder zu wenig. Ich kann zwar noch nicht richtig schreiben, dafür habe ich meinen Wunsch gemalt.«

»Das wird für den Weihnachtsmann kein Problem sein. Zeig mir doch mal deinen Wunschzettel.«

Der kleine Junge holte einen Zettel aus seiner Hosentasche, faltete ihn auf und gab ihn den Weihnachtsmann.

»Weil Papa doch kein Geld hat«, sprach dann der Junge dann weiter, »will ich nur das haben.«

Aufmerksam hatten die Passanten den Kontext verfolgt, traten geschlossen einen Schritt vor und blickten neugierig auf die Rückseite des Zettels. Was stand drauf, was hatte der Junge gemalt, was war sein Wunsch?

Louis sah sich den Zettel lange an und es schien unverkennbar, dass auch er den Tränen nah war. Tief atmete er durch, ließ den Brustkorb aufbäumen und wieder in sich zusammensacken. Dann drehte er den Zettel, um auch dem Publikum den Wunsch nicht vorzuenthalten.

Der Junge hatte einen Tannenbaum gemalt, mit bunten Kugeln und strahlenden Kerzen. Er wendete das Blatt wieder, schaute noch eine gewisse Zeit darauf und sprach dann:

»Ich verspreche dir, morgen wirst du deinen Tannenbaum haben. Wie groß soll er denn sein?«

»Ganz groß.«

»Okay schreibe mir deine Adresse auf, dann braucht der Weihnachtsmann nicht lange danach zu suchen. Er wird sich sofort darum kümmern, dass du einen Tannenbaum bekommst, der so groß ist, wie dein Papa. Versprochen.«

Während seine Schwester auf der Rückseite des Wunschzettels die Adresse notierte, fingen die Augen des kleinen Jungen an zu strahlen.

»Versprochen?«

»Versprochen ist versprochen!«

»Danke Weihnachtsmann, danke.«

Danach verließ ein überglücklicher Junge zusammen mit seiner Schwester den Weihnachtsbaumstand. Immer wieder drehte er sich um und winkte, bis er aus der Sichtweite verschwand. Applaus ertönte unter der anwesenden Kundschaft und ein gegenseitiges Raunen füllte den Ort.

Unterdessen war Gerd damit beschäftigt, die Größe seiner noch vorhandenen Tannenbäume mit seiner Körpergröße zu vergleichen. Dabei fand er einen idealen Baum, wundervoll mit sehr gleichmäßig gewachsen Zweigen, gute zwei Meter hoch und einer kräftigen Spitze zum Tragen eines heiligen Sterns.

»Jeder sollte einen Tannenbaum haben, ob er nun Geld hat oder nicht«, sprach er zu Louis, drehte die Tanne im Kreis herum, sodass man sie von allen Seiten sehen konnte und drückte sie Louis in die Hand.

»Fehlt nur noch ein bisschen Weihnachtsschmuck.«

Und auf einmal, als wenn ein sternenklarer Himmel sich öffnete, Engel erschienen und anfingen zu singen, trat die Geschäftsleiterin des hiesigen Drogeriemarktes aus der Menge hervor und übergab Louis zwei Kartons.

»Ein Tannenbaum ohne Weihnachtsschmuck? Das ist ja wie Schokolade ohne Kakao, wie ein Loch ohne Boden, wie Reden ohne was zu sagen. Das geht ja gar nicht! Dies sind die zwei letzten Kartons an Christbaumkugeln, die wir noch hatten. Frohe Weihnachten.«

»Frohe … äh Weihnachten«, sprach Louis der Weihnachtsmann etwas verwirrt.

Da saß nun Louis, in der einen Hand einen Tannenbaum, in den anderen Arm zwei Karton Weihnachtskugeln.

Dass Gerd eine Tanne an ihn abtreten würde, damit hatte er gerechnet, soweit konnte Louis ihn einschätzen. Doch das mit der Drogerie-Leiterin, das hätte ihn fast vom Thron gehauen. Kleine Geschenke können eine ganze Menge Freude bereiten, wenn man es nur will und sie können jeden Tag zu einem Weihnachtsfest machen, das ganze Jahr. Und was ebenso wichtig ist, man lernt, über die eigenen Interessen hinauszusehen.

Ein Tuscheln, Wispern und Munkeln ging durch die Menge und im selben Augenblick trat eine Frau hervor, fummelte in einer ihrer Einkauftaschen herum und holte eine Blister-Verpackung hervor. Dabei sprach sie:

»Es ist nur ein kleines ferngesteuertes Rennauto alias Michael Schumacher und sollte eigentlich noch als weiteres Geschenk für meinen Sohn sein. Ich glaube, er kann dieses Jahr darauf verzichten.«

Es blieb nicht nur bei dieser einen, grandiosen Geste. Auch einige andere stimmten in diese Schenkungseuphorie mit ein und gaben Kleinigkeiten zu ihrem Besten. Selbst die Bäckersfrau beteiligte sich mit Zimtsternen, Plätzchen und sogar einem Christstollen an die Ausstattung des Weihnachtsfestes für einen kleinen blond gelockten Jungen und dessen Schwester.

Was für eine Wohltat.

Langsam brach die Abenddämmerung ein, die Helligkeit verabschiedete sich und machte Platz für die Dunkelheit. Der Marktplatz leerte sich. Louis und Gerd standen beieinander und ließen das Geschehen nochmals Revue passieren.

»Also das mit dem Tannenbaum, das hatte ich mir schon gedacht. Andernfalls hätte ich dir einen abgekauft.«

»Das war für mich selbstverständlich. Es ist für die Kinder und das mit ihrem Vater tut mir natürlich leid.«

»Ja der arme Kerl, kein Geld und dann noch alleinerziehend mit zwei Kindern.«

»Mit Geld kann man vieles erreichen und auch herrliche Geschenke kaufen. Doch alles kann man damit nicht kaufen oder bezahlen, nämlich das miteinander und füreinander, die Familie, Freunde und die Liebe, oder einfach nur die Zeit, die man mit anderen verbringt. Sie ist unbezahlbar.«

»Das stimmt.«

»Weißt du, ich habe in der Zeit, wo du hier bist, die schönsten Tage vom ganzen Jahr erlebt, denn jeden Tag sah ich Kinder, denen du lustige Geschichten erzählt hast, Märchen, an denen die Kinder glaubten. Es war alles so unschuldig und lebensfroh, spannend und strahlend wie ein Sonnenaufgang. Wer dich als Weihnachtsmann nicht liebt, der hat ein Arschtritt verdient.«

»Hä-hä-hä, nun übertreibt mal nicht so.«

»Doch du kannst mit Kindern umgehen, du gehst auf sie ein, nimmst dir Zeit für das Gespräch und das merken auch die Kinder.«

»Na ja, wenn du meinst. Kann ich dir noch irgendwie helfen?«

»Ich mache das schon. Die Geschenke und der Tannenbaum liegen bereits im Auto. Morgen früh, wenn's noch dunkel ist, werde ich es denen heimlich still und leise vor die Tür stellen. Du könntest mitkommen, wenn du willst.«

»Ist nicht so mein Ding, auch noch nachts den Weihnachtsmann zu spielen.«

»Ist kein Problem, das schaffe ich auch alleine!«

»Gut, dann werde ich jetzt heimgehen. Wir sehen uns morgen.«

»Ja morgen ist letzten Tag bis Mittag. Morgen werden wir abrechnen, du hast dir einen kräftigen Bonus verdient.«

»Ich habe doch nur meinen Job gemacht. Ciao bis morgen.«

»Ja bis morgen.«

11. Doch ein Weihnachtsmann wäre kein Weihnachtsmann, wenn er nicht Wünsche erfüllen könnte

Es war der Vorabend des Weihnachtsfestes, der Heilige Abend. Ein Tag, zu dem man sagt, dass Wünsche in Erfüllung gehen. Der heutige Tag war da keine Ausnahme. Er war sogar was ganz Besonderes. Ja am heutigen Tag gehen Wünsche für jeden in Erfüllung, der noch träumen kann, ob groß oder klein.

Langsam wurde es hell und früher als sonst, traf Gerd auf seinen Weihnachtsbaumstand ein. Kein Wunder, er war schon früh unterwegs und musste seiner weihnachtlichen Verpflichtung nachkommen.

Sofort fiel ihm das schrankfertig geputzte Schälchen auf, das er am Tage zuvor noch für die Katze gefüllt hatte. Er freute sich darüber. Doch dann dachte er darüber nach, was wohl passieren würde, wenn er in den nächsten Tagen den Stand komplett abbauen müsste. Er würde der Katze den Schlafplatz rauben und ihre Futterstation.

»Könnt ihr mir einen Rat geben?«, befragte er seine Tannenbäume. »Was soll aus der Katze werden, wenn ich nicht mehr hier bin?«

»Nimm sie mit nach Hause«, hörte er eine Stimme hinter sich sagen. Er dachte sofort an Louis, der sich immer wieder über seine Selbstgespräche lustig machte.

»Na Bett kaputt?«, fragte Gerd und drehte sich dabei langsam um. Aber es war niemand da. Kein Mensch weit und breit.

Irritiert blickte er nach allen Richtungen, suchte nach dieser Stimme, die zu ihm sprach, doch er entdeckte niemanden, nur die Schatten der Bäume, die durch das Erwachen des Morgens geworfen wurden und die Bäckerei, die bereits geöffnet hatte und ein schwaches Licht auf den Gehweg warf.

Was ist los, dachte er sich, bin ich hier in einem Science-Fiction-Film? Angestrengt durchforstete er sein Gedächtnis nach einer Erklärung. Leidet er an Halluzinationen oder ist es schon Schizophrenie?

Dann schaute er zum Himmel und trotz, dass er wolkenfrei war, sah er nur einen einzigen Stern. Doch dieser leuchtete auf einmal besonders hell auf, wurde dann dunkel und blinkte kurz, bevor er wieder in seinem normalen Licht erstrahlte.

Gerd schüttelte verwirrt den Kopf. Das überstieg sein Vorstellungsvermögen. Sind es doch Halluzinationen oder ist er schon plemplem? Doch nach kurzer Überlegung schüttelte er abermals seinen Kopf und meinte:

»Nein, nein, nein und abermals nein, ich bin gesund, kerngesund, oder was sagt ihr?«, dabei schaute er auf die Tannen, die den Thron umzäunten.

»Ich glaube, das liegt alles an Heiligabend, dass man schon Dinge sieht, die gar nicht existieren. Vielleicht ist es auch der Stress der letzten Tage, der einen dazu führt. Auf jeden Fall werde ich heute Nachmittag in meiner warmen Bude sitzen und keinerlei Hektik aufkommen lassen.«

Es waren nicht mehr viele Tannenbäume, die er anzubieten hatte, vielleicht gerade mal zwei Dutzend und als er anfing sie zu sortieren und zu entnetzen, sprang Tommy auf einmal hervor, schüttelte sich und riss sein Maul zum Gähnen auf. Er hätte noch gerne eine Extrarunde mit dem Sandmann geschoben.

»Oh entschuldige, ich wusste nicht, dass du noch schläfst«, sprach Gerd zu Tommy. »Warte ich mache dir schnell dein Frühstück.«

Geschwind griff er in seinen Beutel und holte diesmal eine Aluminiumschale mit erlesenem Katzenfutter heraus. Als er die Schale öffnete, bewegte sich plötzlich die Nase der Katze, wie das Nasenblinzeln eines

Kaninchens, schnell, rhythmisch und monoton. Es ist die sensorische Wahrnehmung von Nahrung und ohne jegliche scheu, kam Tommy auf Gerd zu, streckte seine Pfote aus, um die Schale zu sich herunterzuziehen.

»Nun mal ganz langsam mein Freund, ich will es dir nur noch auf einen Teller tun.«

Doch kaum den Teller gefüllt, machte sich Tommy schnurrend über das Futter her, verschlang es genüsslich mit der Gier eines Staubsaugers und mit dem Sauberkeitswahn eines Waschbären, hinterließ er dann den Teller. Daraufhin ein kurzes Miauen, was soviel wie danke heißen könnte aber auch:

»Es war zwar gut, hätte aber reichhaltiger sein können.«

»Okay eine habe ich noch«, erwiderte Gerd, als wenn er ihn verstanden hatte und füllte abermals den Teller.

Nachdem die Katze mit animalisch dröhnenden Geräuschen die zweite Portion niedergemetzelt hatte, fing sie an, sich ausgiebig zu putzen, als wenn sie sich beim Essen von oben bis unten bekleckert hätte.

»Was hältst du davon, wenn wir beide zusammen Weihnachten feiern? Wir beide ganz alleine und natürlich die Tanne. Wir gucken uns so einen alten Weihnachtsfilm im Fernsehen an, spielen ein bisschen

Katzenfußball oder hören einfach nur Musik? Ich gehe mal eben kurz rüber zur Drogerie und hole schon mal einige Sachen für dich.«

Mit großen Schritten verschwand Gerd.

»Hey Tommy«, sprach Abi, die Nordmanntanne.

»Was ist Nordmännchen?«

»Ich hatte ich dir doch gesagt, du wirst auch ein warmes zu Hause bekommen. Wir beide sind doch Freunde und da habe ich es mir für dich im Stillen ganz fest vom Weihnachtsmann gewünscht. Ein Weihnachtsmann erfüllt jeden Wunsch, habe ich gehört. Jetzt sind wir beide auch Weihnachten zusammen. Ist das nicht schön?«

»Mhm …«, erwähnte Tommy. »Ich denke mal drüber nach«. Daraufhin machte Tommy einen Abflug.

»Ey wo willst du hin? Gegen Mittag wird hier zugemacht. Du kennst doch seine Adresse noch gar nicht. Ey Tommy …, Tom-m-my.«

Doch Tommy hörte nicht mehr, er war schon zu weit weg.

Gerd kam zurück, mit einer Tüte voll Katzenfutter, einem Gebinde Streu und einer Katzentoilette. Er schaute sich um, sah die Katze nicht mehr und rief:

»Miez, Miez, Miez, wo bist du?«, doch er bekam keine Antwort.

Enttäuscht stellte er seine Einkäufe beiseite und fing an, die restlichen Bäume weiter zu entnetzen. Danach stellte er sie alle nebeneinander und stand davor wie ein Dirigent, wie ein Mann, der sich in Taktfragen auskennt und zur Musikerzeugung unabdingbar ist. Doch mit seinen Gedanken war er ganz woanders.

»Was meint ihr«, fragte er sein grün gewandtes Orchester, »ob die Katze wiederkommt?«

Er schaute zum Himmel, sah, wie schneebeladene Wolken sich versammelten, wie sie sich vermehrten, um anschließend dicke Flocke auf die Erde zu schicken.

Doch da, zwischen den Wolken sah er am blassblauen Himmel wieder diesen einen Stern, ein Stern am Taghimmel und abermals vernahm er, als ob der Stern ihm zublinzelte, so wie Menschen mit dem Auge zwinkern, wenn sie einem ein Zeichen geben. Dann war er hinter einer Wolke verschwunden.

»Danke, ich glaube ich habe verstanden«, monologisierte er.

»Na führst du wieder ein intensives Gespräch mit Bruder innerlich?«, bemerkte Louis,

Gerd erhob den Kopf, starrte dabei in die Luft und fing an, sich mit seinem imaginären zweiten Ich in zwei verschiedenen Tonlagen zu unterhalten:

»Selbstgespräche können sehr unterhaltsam sein. - *Ja sicher, es ist irgendwie angenehm. Ich führe auch oft welche.* - Das ist mir schon aufgefallen. Warum tust du das? - *Nun ich weiß, dass ich dabei auf meine Fragen keine dummen Antworten kriege.* - Hä-hä, geht mir genauso. - *Ja ich merke schon, wir haben vieles gemeinsam.* - Das finde ich auch.«

Langsam drehte Gerd sich um und sah zu Louis.

»Weißt du, in einer Studie wurde festgestellt, dass ein Selbstgespräch dazu dienen kann, kniffelige Aufgaben besser zu lösen. Ein Problem wird es erst dann, wenn man nicht mit sich selbst kommuniziert, sondern mit anderen, zum Beispiel mit Verstorbenen oder so.«

»Tja Verstorbene hinterlassen meistens Spuren in der Gesellschaft«, bemerkte Louis.

»Frau Holle wird wohl heute noch ihre Betten ausschütteln und für Schnee sorgen«, lenkte Gerd das Gespräch ab.

»Hoffentlich nimmt sie diesmal richtige Federbetten.«

»Ist doch egal, was Frau Holle schüttelt, es kommt immer Schnee raus.«

»Warten wir es ab. Wie war deine frühmorgendliche Bescherung?«

»Soweit Okay. Zuerst sah es so aus, als wenn die Bescherung sich zu einem totalen Chaos entwickeln würde«, sprach Gerd und fing an sein frühmorgendliches Abenteuer zu erzählen:

»Eine dünne Schneedecke lag auf den Häusern und Straßen, doch bei Temperaturen um den Gefrierpunkt, fing er langsam an, zu Wasser zu schmelzen. Aber es standen Sterne am Himmel, nicht viele, doch große und sie leuchteten hell, extrem hell.

Ich nahm den Schlüssel meines geliebten Ford und verließ die Wohnung frühzeitig, schließlich musste ich noch eine Aufgabe erfüllen, um ein ganz spezielles Kinderherz zu erfreuen.

Das Fahrzeug war über Nacht ein wenig eingeschneit. Mit dem Ärmel fegte ich hastig den Schnee so weit von der Windschutzscheibe, dass es ausreichen würde, um zumindest die Straße einigermaßen zu erahnen.

Dann machte ich mich an dem leicht vereistem Schloss zu schaffen und atmete erleichtert auf, als es endlich nachgab.

Dankbar sprang ich in den Wagen und richtete meinen Blick zum Wagenhimmel, als ich den Schlüssel im Zündschloss drehte. Dabei gab das Fahrzeug ein ungesundes Geräusch von sich und erst beim dritten Versuch, erwachte der Motor und fing an, ungeziert zu krächzen.

Es wird wohl das letzte Weihnachtsfest für ihn sein, denn mit einem Alter von über zwanzig Jahren, ist er reif für die Rente beziehungsweise für den Bestattungswald.

Hell leuchtete die Armaturen auf und im Radio ertönte Chris Rea mit seinen "Driving home for Christmas".

Mit einem leichten Knacken legte ich den ersten Gang ein, löste vorsichtig den Fuß von der Kupplung und trat sachte aufs Gaspedal.

Wie eine alte Oma auf Rollschuhen schlitterte das Fahrzeug über die Straßen. Das Ziel war nicht weit, doch bei diesem Wetter mit dem Schneematsch und einer darunter befindlichen Eisdecke, kam es mir vor, als wäre ich am Nordpol beim Eis-Rodeo.

Vor einem dreistöckigen Mehrfamilienhaus hielt ich an, stieg aus und ging auf die Haustür zu. Auf eines der Klingeln stand der Name, den die Schwester des Jungen auf der Rückseite des Wunschzettels notiert hatte.

Doch hier fing das erste Problem an. Die Haustür war verschlossen, was eigentlich normal war, um ungebetene Gäste fernzuhalten und somit eigentlich gar kein ernsthaftes Problem darstellte.

So ging ich einige Schritte zurück, um die Front nach erleuchteten Fenstern abzusuchen, doch vergebens. Außer ein paar festlich beleuchteten Scheiben, schien sich alles noch in einem komaähnlichen Schlaf zu befinden, was für diese Uhrzeit nichts ungewöhnlich war.

Sicher um hineinzukommen, hätte man jetzt die Klingeln einer Belastungsprobe unterziehen können, aber wo wäre dann da der Überraschungseffekt geblieben?

Abermals schaute ich mir die neun Klingelknöpfe an und sah, dass sie in Dreierblöcken aufgebaut waren, wobei der Familienname der Kinder unten rechts stand, was wiederum bedeuten könnte, dass sie in einer Terrassenwohnung leben würden.

Somit ging ich ums Haus und stieß dabei auf das nächste Problem. Eine Tür versperrte mir den Weg, eine Tür, die den Gartenbereich von der Stirnseite des Hauses trennte. Sie war versperrt, doch der

Anschlagspfosten war locker, so locker, dass man ihn mühelos zur Seite drücken konnte, um den Riegel des Schlosses aus der dafür vorgesehenen Aussparung am Anschlagpfosten auszulagern.

Doch beim Betreten des Grundstückes spürte man dann beim Gehen, dass der Weg abschüssig war. Damit tauchte wieder ein Problem auf diesmal sogar ein wahres Problem.

Entgegen der Meinung, man würde vom Wohnzimmer aus auf eine Terrasse gelangen, entpuppte sich als reine Spekulation. Das Haus ragte nach hinten eine halbe Etage aus der Erde heraus, sodass keine Terrasse vorhanden war, sondern nur Balkone, wobei sich die unteren auf Augenhöhe befanden.

Hier stand ich nun und blickte zu dem Vorbau, der über das Geländeniveau herausragte und da wusste ich, hier müssen enorme Kräfte mobilisiert werden, um da hinaufzukommen.

Schön und wesentlich praktischer wäre es gewesen, wenn zufällig eine Leiter da gestanden hätte. Doch dem war nicht so.

Aber die Leiter zum Erfolg ist eben keine Rolltreppe. Wenn man die Früchte seiner Bemühungen genießen will, müssen auch

Opfer gebracht werden, sprach ich mir mutig zu.

Doch bevor ich wie Spiderman mich einer alpinistischen Erstbesteigung über das Fallrohr widmete, hatte ich erst mal die ganzen Sachen herbeigeschafft. Für ein besseres Handling und für ein glaubwürdigeres Bringen verpackte ich die Geschenke in einen Jutesack und band diesen mit einer roten Schleife zu. An der Schleife befestigte ich den Wunschzettel des Jungen.

Die Christbaumkugel und auch die anderen Gegenstände, die für das Schmücken des Baumes vorgesehen waren, befanden sich in einer Einkauftüte. Auch den Tannenbaum hatte ich wieder für ein besseres Handling in ein Schlauchnetz verpackt.

Da sich nun alle Sachen unterhalb des Balkons befanden, galt es nun, dieses Bauwerk zu bezwingen. Mühevoll musste ich das Fallrohr ersteigen, nahm die Fallrohrschellen als zusätzliche Stufe und schwang mich dann über die Brüstung.

Das war als aktiver Passivsportler ganz schön anstrengend, da musste ich mich erst mal einen Augenblick verschnaufen, als ich ankam.

Ich kam mir wie eine alte Dampflok vor, als ich hektisch den dampfenden Hauch aus dem Mund und der Nase presste.

Nachdem ich mich wieder einigermaßen gesammelt hatte, hievte ich den Sack und die Tüte hoch. Die hatte ich an einen Spanngurt befestigt, den ich noch im Auto hatte. Der Tannenbaum war groß genug, dass ich ihn an die Spitze greifen konnte, um sie so hinaufzubringen.

Die Sachen hatte ich so hingestellt, dass sie einem sofort ins Auge fallen und so bin ich dann mit vollster Zufriedenheit wieder abgehauen.«

Mit bewegter Stimme hatte Gerd erzählt, mit bewegter Stimme wurde es von Louis aufgenommen. Eine bewegte Aktion, die bewegter nicht sein konnte. Dennoch war sie durchaus gut überlegt, als richtig empfunden und erwies sich als edel, perfekt und himmlisch zugleich.

Heute ist heilig Abend. Der Countdown zur Feier der Geburt des Messias läuft. Mit einem Chaos auf den Straßen ist alle Jahre wieder zu rechnen. So benötigen einige noch frische Zutaten für das Weihnachtsessen, wie die Last-Minute-Knödel, Fertigplätzchen und auch holländischen Tomaten.

Bei anderen hat sich vielleicht unerwarteter Besuch über Weihnachten angekündigt. Was nun bedeutet, schnell noch ein passendes Geschenk zu besorgen. Manchen treibt dieser Gedanke Angstschweiß auf die Stirn und wenn dann noch der Blick in den Kühlschrank mit gähnender Leere trotz, dann ist das Grauen so gut wie sicher.

Früh ausstehen ist da angesagt, denn man muss sich auf längere Wartezeiten einstellen. Das geht nun einigen so, denn die Geschäfte haben nur für ein paar Stündchen geöffnet.

12. Ein Tannenbaumstand mit Weihnachtsmann und Kinderparkstation

Auf dem Marktplatz und auch in den umliegenden Geschäften fängt die Hektik so langsam an. Von allen Seiten strömen sie herbei, die Last-Minute-Kunden. Kein Unterschied ist zu erkennen zwischen Jung und Alt, zwischen Frau und Mann, zwischen Arm und Reich.

Um die Nerven der einkaufenden Ehefrau nicht durch bloßes Herumschreien des Kindes zu strapazieren, welches sich auf den Boden wirft und anfängt zu schreien, weil es seinen Lolli nicht bekommt, werden Kind mit Ehemann auf dem Marktplatz geparkt.

Sicherlich hätte man das Ehegespons auch zu Hause belassen können, doch wer schleppt sich dann mit den Einkauftüten ab? Es gehört zu den großen Geheimnissen des Lebens, dass Frauen einfach behaupten, sie wären zu schwach, wenn sie keine Lust haben, etwas zu tragen.

Und um diesen Stress ein wenig entgegenzutreten, hat sich Gerd was einfallen lassen. Mit Plakaten, die er am heutigen Tage ringsherum um seinen Stand am Bauzaun anbrachte, bot er an, dass man die Kinder während des Einkaufens bei ihm parken könnte. Der Weihnachtsmann würde den Kindern lustige Geschichten erzählen und es würde heiße Schokolade geben.

Eigens hierfür hatte er sich einen größeren Samowar ausgeliehen, sowie sich reichlich Kakaopulver, Milch, Zucker, Einwegbecher und Servietten besorgt.

Der Samowar kochte, der Kakao duftete, die Becher standen bereit, die ersten Kinder kamen, teilweise in Begleitung ihrer Väter.

Ein Junge kam vorbei und als er den Weihnachtsmann erblickte, zog er seinen Vater an der Hand in den Verkaufsstand und rief:

»Hey da ist der Weihnachtsmann, ich muss ihn sprechen.«

»Das ist nicht der echte Weihnachtsmann, das ist nur ein Mann, der sich als Weihnachtsmann verkleidet hat und seine Rolle spielt.«

»Aber ich will ihn trotzdem sprechen.«

»Okay, okay.«

»Entschuldigen sie Herr Weihnachtsmann, aber mein Sohn René würde ihnen gerne was fragen.«

»Ja René, was möchtest du denn wissen?«

»Können sie dem echten Weihnachtsmann was sagen?«

»Ich glaube schon, dass ich das kann.«

»Ich habe ihm einen Brief geschrieben, aber er hat nicht geantwortet.«

»Oh das ist nicht normal, aber es liegt bestimmt daran, dass er sehr beschäftigt ist. Millionen von Kindern schreiben dem Weihnachtsmann und wollen Antworten haben. Und dann noch die ganzen eingesandten Wünsche, die er bearbeiten und erfüllen muss. Da kann es schon mal vorkommen, dass die Zeit fehlt, den einen oder anderen Brief zu beantworten. Am besten du schreibst ihm nächstes Jahr zu Weihnachten nochmals einen Brief, dann wird er merken, dass es schon dein Zweiter ist und ihn vorrangig beantworten.«

»Meinst du?«

»Versuch es einfach.«

»Okay!«

Der Junge rutschte vom Schoss und ging zu seinem Vater. In einem gewissen Abstand blieben sie mit einigen anderen stehen und hörten dem Weihnachtsmann zu, als dieser sich an die Kinder wandte:

»So jetzt werde ich euch mal eine Geschichte erzählen.«

Er atmete tief durch die Nase ein und stieß die Luft durch den Mund wieder aus.

Dabei vibrierte sein Schnurrbart und die Kinder fingen sofort an zu lachen.

»Wisst ihr, fuhr er dann weiter fort, der Schriftsteller Charles Dickens hatte mal eine Geschichte geschrieben, die von einem Jungen handelte, der seine Eltern sehr früh verloren hatte und in ein Waisenheim kam. Das Waisenheim war wie ein Gefängnis. Die Kinder dort mussten vierzehn Stunden am Tag arbeiten, im Garten, in der Küche, im Stall und auf dem Feld. Jeder Tag war wie der andere und im ganzen Jahr gab es nur einen einzigen Ruhetag, das war der Weihnachtstag. An diesem Tag bekamen die Kinder jeder eine Apfelsine. Das war alles, keine Süßigkeiten und auch kein Spielzeug. Aber diese eine Apfelsine bekam aber nur der, der das ganze Jahr brav gewesen war.«

Aufmerksam hörten die Kinder zu und auch die Erwachsenen verhielten sich äußerst still und lauschten den Worten des Geschichtenerzählers.

»Wiedermal kam dieser Weihnachtstag und während all die anderen Jungen ihre Apfelsine bekamen, musste dieser eine Junge, der seine Eltern verloren hatte, in der Zimmerecke stehen und zusehen. Das war die Strafe dafür, dass er im Sommer versucht hatte, aus dem Waisenhaus zu fliehen.

Als die Geschenkverteilung vorüber war, durften die anderen Kinder im Hof spielen, er aber musste im Schlafraum gehen und den ganzen Tag im Bett liegen. Tieftraurig und beschämt war er und weinte. Nach einer Weile hörte er Schritte im Zimmer. Eine Hand zog die Bettdecke weg, unter der er sich verkrochen hatte. Sein Blick erhob sich und er sah einen der Waisenjungen vor seinem Bett stehen. In der Hand hatte er eine Apfelsine, die er ihm entgegenhielt. Er wusste nicht, was ihm geschah, dachte nur, wo die überzählige Apfelsine herkam.

Abwechselnd blickte er zu den Jungen, dann zur Apfelsine und wieder zu den Jungen. Plötzlich bemerkte er, dass die Apfelsine bereits geschält war und als er näher hinblickte, wurde ihm klar, warum. Tränen bildeten sich in seinen Augen und liefen an den Wangen herunter. Und als er die Hand ausstreckte, um die Frucht entgegenzunehmen, da wusste er, dass er fest zupacken müsste, damit sie nicht auseinanderfiele. Was meint ihr, was passiert ist?«

»Keine Ahnung«, sprach eins der Kinder.

»Weiter«, das andere.

»Erzähl es bitte«, bat ein Mädchen.

»Nun gut. Einige Kinder in dem Waisenheim hatten sich auf dem Hof zusammengetan und beschlossen, dass auch er seine Apfelsine haben müsste. So hatte jeder die Seine geschält, eine Scheibe abgetrennt und alle Scheiben sorgfältig zu einer neuen, schönen, runden Apfelsine zusammengesetzt.«

Ein Staunen, ein Raunen, eine Bewunderung, ein Tuscheln ging durch die Kinderschar, dann rief ein Mädchen:

»Bitte noch eine Geschichte.«

»Noch eine? Na gut. Ich habe vor kurzem eine kleine Geschichte gehört, da ging es um einen kleinen Stern, der am Himmel stand und zur Erde wollte. Diese Geschichte werde ich euch jetzt erzählen.«

»Oh ja«, jubelten die Kinder, als wenn ihnen die Geschichte geläufig war und sie sich nun darüber erfreuten, sie zum x-ten Male hören zu können.

»Es war mal ein kleiner Stern, der jede Nacht zu diesen blauen Planeten herunterschaute. Was mag da unten sein, fragte er sich und da er glaubte, dass man ihn bei der Menge an Sternen nicht vermissen würde, beschloss er eines Tages, sich doch mal diesen blauen Planeten näher anzusehen.

Der kleine Stern überlegte, wie man am besten dahin kommen könnte, fragte die anderen Sterne, doch keiner wusste Rat, sie rieten alle nur von dieser Mission ab.

Er hörte nicht auf sie und begann sich zu drehen. Immer schneller wurde er, drehte sich bereits mit schwindelerregender Geschwindigkeit und da auf einmal verlor er seinen Halt und stürzte auf die Erde nieder.

Zur gleichen Zeit stand ein kleines Mädchen am Fenster ihres Zimmers und schaute zum Himmel. Plötzlich schrie sie entsetzt auf, lief ins Wohnzimmer, zu ihren Eltern und zeterte:

"Papa, Mama schnell. Da ist gerade ein Stern vom Himmel gefallen. Wir müssen ihn suchen, der muss zum Himmel zurück."

"Ach was mein Kind", meinte der Vater. "Was du gesehen hast, ist eine Sternschnuppe. Wenn du dir dabei ganz fest was wünscht, geht es in Erfüllung. Du darfst es nur niemanden verraten."

"Nein Papa, da ist wirklich ein Stern heruntergefallen, der fehlt jetzt am Himmel."

Sie zog ihren Vater energisch am Ärmel hin in ihr Zimmer und zeigte zum Himmel.

"Da Papa, da war er und nun ist der Platz leer."

Der Vater schaute zum Himmel und irgendwie schien es so, als wenn da wirklich was fehlen würde.

"Wir müssen ihn suchen gehen", befahl die Tochter und zog ihren Vater abermals am Ärmel, diesmal hinaus in den Flur. Der Vater willigte ein. Warm angezogen verließen sie das Haus und gingen in Richtung eines naheliegenden Wäldchens, der vermuteten Absturzstelle.

Schritt für Schritt tasteten sie sich voran, schlichen ganz langsam durchs Unterholz, traten immer wieder auf getrocknete Zweige, die einen knackenden Ton unter den Füßen verursachten. Seufzend zogen sie die Luft zwischen den geschlossenen Zähnen durch, als wenn sie die Geräusche damit unterdrücken wollten.

Dann auf einmal sprach das Mädchen ganz aufgeregt:

»Da Papa, da leuchtet was. Das ist bestimmt der Stern, komm wir müssen dahin.«

Im Schein der Taschenlampe sah der Vater, wie seine Tochter hopsend durch das Unterholz hüpfte und plötzlich stehen blieb. Als er selbst ankam, konnte er nicht glauben, was er sah.

Da lag tatsächlich ein kleiner Stern, der sich mit zwei seiner Zacken in den Boden gebohrt hatte. Er versuchte sich zu befreien, was offensichtlich zu schwer für ihn war.

"Papa wir müssen ihm helfen. Er muss zurück in den Himmel."

"Wie soll ich das machen?", antwortete der Vater verwirrend, schaute dabei zum Himmel und da bemerkte er es auch. Eine freie Stelle war zu sehen, ein Platz, wo etwas hinmüsste, aber fehlte.

"Du musst ihn nach oben werfen."

"Aber so hoch, kann ich doch gar nicht werfen."

"Versuch es einfach."

"Na gut."

Er nahm den kleinen Stern wie eine Diskusscheibe in die Hand, lagerte ihn auf den letzten Fingergliedern seiner rechten Hand, pendelte seinen Arm hin und her um mehr Kraft aus seinem Körper zu ziehen und als er genügend Schwung besaß, schleuderte er den kleinen Stern in Richtung Himmel.

Der kleine Stern hatte es verstanden. Ein Stern gehört an den Himmel, wo er seine Aufgabe hat und es ist egal, wie viele Sterne es gibt, denn jeder einzelne Stern zählt.

Kaum der Hand des Mannes entglitten, fing er an zu rotieren, sich immer schneller zu drehen, um einen stärker werdenden Auftrieb zu erzeugen. Alle Kräfte, die er besaß, wurden mobilisiert, damit er letztendlich wieder seinen Platz am Himmel einnehmen konnte.

Er wurde immer schneller und schneller, gewann an Höhe, nahm eine aerodynamische günstige Lage ein und dann, eine kleine Rechtskurve noch und er war an seinen Platz angekommen.

Glücklich und zufrieden schaute der kleine Stern nochmal zu Erde, zu dem kleinen Mädchen und leuchtete dabei einmal ganz hell auf.«

Das Erzählen von Geschichte gehört zu den elementarsten Methoden der Weihnachtsmannarbeit. Sie sind meist spannend und bleiben in Erinnerung, bei kleinen so wie auch bei großen Kindern, solange sie einen Aschenputtel-Charakter, also einem guten Ausgang haben.

13. Es hat geklappt, es hat geklappt, danke Weihnachtsmann

Louis der Miet-Weihnachtsmann hatte sich zum besten Geschichtenerzähler der Welt entpuppt. Die Kinder fingen an, ihn förmlich zu lieben. Dabei machte ihnen die Kälte nichts aus. Vor dem Weihnachtsmann zu stehen, zuzuhören und auch zu hopsen, zu kreisen und zu rufen, war für sie das Größte.

Plötzlich, wie von der Tarantel gestochen, kam ein Junge angerannt und rief:

»Es hat geklappt, es hat geklappt.«

Dabei lief er auf den Mann im roten Wollmantel zu und umarmte ihn ganz fest.

»Danke Weihnachtsmann danke«, sprach der Junge.

Es war jener Junge, bei dem es dieses Jahr keine Weihnacht geben sollte und seine augenblickliche Freude ließ darauf schließen, dass die Geschenke gefunden wurden. Wenn Kinder sich so bedanken, weiß man, dass man es richtig gemacht hat.

»Ich hatte es dir doch versprochen«, bekam er als Antwort. »Der Weihnachtsmann vergisst kein Kind.«

»Ja aber der Weihnachtsmann hatte es auf den falschen Balkon gestellt. Wie gut, dass da mein Wunschzettel dran war.«

»Auf den falschen Balkon?«, wiederholte Louis.

»Ja unser ist eine Etage höher.«

»Hm …, das muss wohl daran gelegen haben, dass die Wohnungen den falschen Klingeln zugeordnet wurden.«

»Das hatte mein Papa auch gesagt, die sind alle falsch.«

Die Schwester kam und auch der Vater.

»Sie helfen gern, was?«, fragte er und sofort merkte Louis, dass hier sich eine Kontroverse aufbaute. So sprach er zu den Kindern:

»So ihr lieben, jetzt gibt der Weihnachtsmann eine Runde heiße Schokolade aus.« Dabei zeigte er auf Gerd, der sofort anfing, einige Becher zu füllen. Kreischende Stimmen füllten den Platz, als die Kinder zu ihm liefen.

»Ähm …, na ja eigentlich werde ich beauftragt«, fuhr Louis dann weiter fort und sah dabei den Vater an.

»Das ist ja alles sehr nett gedacht, aber wir brauchen keine Almosen. Also holen sie den Krempel wieder ab.«

»Warum ich?«

»Ja wer hat denn sonst ihrer Meinung nach die Geschenke und den Baum gebracht?«

»Nun es sind Gerüchte im Umlauf, dass der wahre Weihnachtsmann was damit zu tun hat.«

»Das ist doch einfach lächerlich. Ich schlage vor, sie holen alles wieder ab.«

»Das geht nicht.«

»Wieso nicht?«

»Heute ist der Heilige Abend, das Fest des Gebens und nicht des Nehmens, des Schenkens und nicht des Zurückholens.«

Er erzählte von dem Kindlein, das in einem Stall geboren und in einer Krippe gelegt wurde, von den Hirten, die ihre Schafe hüteten und sahen, wie sich der sternübersäte Himmel öffnete, Engel erschienen und anfingen zu singen. Er erzählte auch von den drei Weisen aus dem Morgenland, die einen großen, glänzenden Stern erblickt hatten und ihm auf seiner Wanderung folgten, bis der Stern über einen niedrigen kleinen Stall in Bethlehem stehen geblieben ist.

»Das Kind war das größte Geschenk für uns Menschen und wurde der König des Glaubens, der Liebe und der Hoffnung.

Schon deshalb sollte uns der Sinn von Weihnachten niemals verloren gehen. Versuchen sie nicht die gläserne Kutsche ihrer Kinder in eine Dampflok zu verwandeln. Sie würden es ihnen nie verzeihen.«

Der Mann schien sichtlich beeindruckt und auch ein bisschen konsterniert von den Worten zu sein, welche noch eine Weile in seinem Ohr nachklangen. Gedanken schwirrten durch seinen Kopf, Gedanken, wie es war, als seine Frau noch lebte. Dann sprach er:

»Vielleicht haben sie recht.«

»Wissen sie, Kinder sind genau wie sie und ich. Sie sind auch Menschen nur ein bisschen kleiner und manchmal sogar weiser.«

»Weiser?«

»Ja, sie sehen Dinge, die wir schon lange nicht mehr sehen.«

»Ja doch, sie haben recht. Mein Sohn glaubt fest daran, dass die Geschenke vom Weihnachtsmann kommen, vielleicht nächstes Jahr schon nicht mehr. Ich denke, wir sollten den Baum schmückten und den Kindern die Freude an den unter dem Baum liegenden Geschenken gönnen.«

»So soll es denn auch sein. Frohe Weihnachten.«

»Frohe Weihnachten und ... vielen, vielen Dank.«

Der Mann rief seinen Sohn und seine Tochter und zusammen winkten den Weihnachtsmann zum Abschied noch mal zu, alsdann zu verschwanden. Währendes kam Gerd und schwärmte von der Überzeugungskraft des Mannes, der hier in Rot/weiß den tollsten Job machte.

»Weißt du«, äußerte sich Louis, »eine Indianerweisheit sagt, in unserem Herzen tobt ein Kampf zwischen zwei Wölfen. Der eine Wolf ist böse. Seine Waffen sind Angst, Ärger, Neid, Eifersucht, Sorgen, Gier, Arroganz, Selbstmitleid, Lügen, Überheblichkeit, Egoismus und Missgunst.

Der andere Wolf ist gut. Seine Waffen sind Liebe, Freude, Frieden, Hoffnung, Gelassenheit, Güte, Mitgefühl, Großzügigkeit, Dankbarkeit, Vertrauen und Wahrheit.

Nun stell dir mal vor, in deinem Herzen wohnen diese beiden Wölfe. Willst du wissen, welcher der beiden den Kampf gewinnt? Die Antwort ist ganz einfach. Es gewinnt der Wolf letztendlich, den du am häufigsten fütterst.«

Dieser Metapher zeigt, dass jeder Mensch in seinem Leben wechselnden, oft widersprüchlichen Gefühlszuständen ausgesetzt ist. Welchen Wolf wir letztendlich regelmäßig füttern, ist die Erkenntnis in uns selber.

»Wo du gerade von Wölfen sprichst, ich hätte da auch eine Geschichte für dich. Stell dir mal vor, du stehst vor so einem Tier und denkst "Scheiße, der will mich beißen" und dann bückst du dich, schaust ihm tief in die Augen und sagst mit zittriger Stimme "Na du! Du bist aber brav, du tust niemanden was, du bist ein ganz lieber Kerl".

Der Wolf fletscht in diesem Moment die Zähne, aber du bist immer noch der Meinung, dass er dich nicht beißt, weil du ja lieb zu ihm bist. Und dann redest du weiter: "Hey du, du hast so ein schönes Fell, ich würde es gern mal streicheln".

Der Wolf hält dich für bekloppt, dreht sich um und geht.«

»Aha und was ist die Moral von der Geschichte?«

»Nun, der Wolf hält dich für bekloppt und ging. Dabei dachte er sich, wenn der mich so nett findet, dann wäre es doch scheiße, wenn ich ihn heute beißen würde, das kann ich doch auch noch morgen machen.«

Auf einmal fingen alle Kinder an zu lachen. Sie hatten sich unbemerkt wieder eingefunden und der Geschichte ihre Aufmerksamkeit gewidmet.

Louis übernahm wieder das Wort und unterhielt die Kinder. Ja er war der beste Weihnachtsmann, der je hier war und es war die beste Idee, ihn überhaupt angeheuert zu haben. Na und das mit dem Kinderparken entpuppte sich auch als eine grandiose Erleuchtung.

Fünf Tannen blieben noch übrig, als das Ladenschlussgesetz zu Schließung aufforderte. Die umliegenden Geschäfte waren bereits geschlossen und der Marktplatz leer.

»Möchtest du noch eine Schokolade?«, fragte Gerd.

»Nein.«

»Vielleicht Orangensaft? Wahrscheinlich nicht. Ähm … irgendwas Kaltes? Cola, Wasser? Was von diesem Getränk, was voll lecker schmecken soll und angeblich nur in der Adventszeit getrunken wird?«

»Nein.«

»Möchtest du was essen, was Knabbern? Ich hab hier eingelegte Feigen. Verwunderliche Sache, denn die schmecken einfach nur süß, gar nicht so nach Feigen, nur einfach süß. Wenn ich was süßes Essen will, dann kauf ich mir Zuckersirup oder so, aber keine eingelegten Feigen. Möchtest du mal probieren?«

»Nein.«

»Sagst du eigentlich immer Nein?«

»Äh … nein!«

»Weißt du Weihnachten, da lachen alle, schließen sich im weihnachtlichen Schein der Kerzen in die Arme und freuen sich darüber, zu erzählen, wie sehr man doch die Familie liebt. Aber in Wirklichkeit würde man ab und zu etwas anderes erzählen, als die nüchterne Wahrheit, oder was meinst du?«

»Gehört so was nicht in die Kategorie des Lügens?«

»Findest du? Meist handelt man doch aus einem persönlichen Interesse hinaus.«

»Hm …, du hast recht und … und … ich schäme mich auch dafür.«

»Hä? Wofür?«

»Na ja, ich habe dich auch aus einem persönlichen Interesse belogen. Seit einer Woche arbeiten wir zusammen und seit einer Woche habe ich dir was verschwiegen.«

»Verschwiegen? Was verschwiegen?«

»Du hattest doch einen Weihnachtsmann engagiert. Es war der Freund meiner Freundin. Einen Tag, bevor er anfangen sollte, wollte er noch ein Geschenk besorgen, aber jemand übersah eine rote Ampel und fuhr in sein Auto. Er landete im Krankenhaus und wurde erst gestern wieder entlassen. Finanziell geht es den beiden nicht so gut, sodass sie auf diese Nebeneinnahme angewiesen sind.«

»Das finde ich doch sehr fair von dir. Da ist doch nichts Schlimmes dran.«

»Es ist noch nicht alles, was ich dir erzählen muss.«

»Okay, dann schieß mal los.«

»Nun … Louis ist nicht der, für den du ihn hältst.«

»Aha … äh … verstehe ich nicht.«

»Sagen wir mal so, Louis ist keine Anlehnung an den Namen Louis Vuitton, sondern die männliche Form von Louise.«

»Und?«

»Was und?«

»Und weiter. Ich verstehe immer noch nicht ganz, worauf du hinaus willst.«

Louis nahm seit Bart ab, zupfte sich die weißen Augenbrauen aus dem Gesicht und setzte seine Mütze sowie die Perücke ab. Es verschlug Gerd fast den Atem, als ihm ein freudiges, erwartungsfrohes Lächeln entgegentrat, was ihm das Herz zusammenschnürte.

Da stand eine äußerst attraktive Frau vor ihm, charmant, mit dunklen Haaren, himmelblauen Augen, einer Kurzhaar-Frisur mit einem Pony, der ihr Gesicht verführerisch umschmeichelte, was sie sexy und selbstbewusst aussehen ließ.

Er fühlte sich auf einmal in ganz anderen Sphären, sah in ihren Augen das tiefblaue Meer und spürte fiktiv, den feinsandigen, warmen Sand zwischen seinen Zehen rieseln, der seine Füße massierten, sie umkitzelten, ja sie sogar streichelten. In jedem dieser Sandkörner offenbarte sich ein Stück Erdgeschichte, spiegelten sich Prozesse wider, die die Landschaft vor langer, langer Zeit geprägt hatte.

Tief atmete er durch und spürte dabei salzige Seeluft auf seinen Lippen. Vor seinem inneren Auge bewegten sich kleine Wellen am Ufer, flossen zum Strand und schwappten anschließend wieder zurück ins Meer. Sein Blick schweifte über das Gewässer und er genoss dabei die Entspannung.

Ein Mann auf einem Jet-Ski war zu sehen. Mit ihm nur Sonne, Fahrwind, die gute Laune und das adrenalinmäßige Preschen übers Meer. Er jagte schwebend direkt auf den Strand zu, driftete aber kurz vorher ab und ließ eine Brandung entstehen, wo erst größere Wellen sich entrollten, dann immer kleinere, bis sie sich schließlich friedlich zurückebneten und leise zischend einige Sandkörner mit ins Meer zogen.

Plötzlich holten Geräusche ihn aus seiner Illusion in die Realität zurück. Es war Louis oder besser gesagt Louise, die ihren Mittelfinger über dem Daumen vor seinem Gesicht abrutschen ließ, sodass schnippende Töne entstanden, als dieser auf dem Handballen aufschlug.

»Hallo, sind wir noch da?«

Gerd schüttelte kurz seinen Kopf, als würde er sich seiner Gedankenspielerei im Kopf entledigen wollte. Doch dann sah er wieder ihr Gesicht und erst jetzt, nach der Demaskierung, fallen ihm die femininen Gesichtszüge besonders auf und es kam ihm vor, als würden ihre Augen gerade sein Gesicht streichelten, ihm einen Stoß durch den Körper versetzten, der ihn fast zum Umfallen brachte.

Ihre Lippen, die in leicht nach oben strebenden Mundwinkeln mündeten, die hoch sitzenden Wangenknochen, der makellos glatte Teint und diese klaren Augen ließen ihn wie von Medusa versteinert dastehen.

»Hey, was ist los? Sehe ich aus, als wenn ich als Sondermüll entsorgt werden sollte?«, fragte sie.

»Äh … nein, nein, nein.«

»Bist du enttäuscht, dass ich eine Frau bin?«

»Oh nein, ganz im Gegenteil.«

»Hm … weißt du, wie du im Moment aussiehst, wie einer, der gerade Nierensteine bekommen hat.«

»Wirklich? Nein ich bin nur erstaunt, wie sich doch eine Demaskierung zu einem so hübschen Wesen entpuppen kann.«

»Soll das eine anmache sein?«

»Nein, ein Kompliment! Ich …, eigentlich hatte ich es mir gedacht …, am Anfang zumindest. Deine Stimme …«

»Was ist mit meiner Stimme?«

»Na ja sie war anders, als die des Mannes, mit dem ich gesprochen hatte, sie klang feminin. Ich dachte, das liegt bestimmt an den Bart und dem ganzen drum herum. Irgendwann hat man es gar nicht mehr vernommen.«

»Und nun bist du geschockt?«

»Nein, natürlich nicht. Ich verstehe jetzt auch, warum du so gut mit den Kindern umgehen konntest. Frauen sind da weicher, einfühlsamer, geduldiger. Männer sind da ganz anders gestrickt.«

»Meinst du?«

»Während Männer im Schwimmbad die Wasser-aus-dem-Pool-befördere-Methode wählen, steigen Frauen die Treppe hinunter, wenn sie schwimmen wollen.«

»Dann bist du mir nicht böse?«

»Hey, warum sollte ich dir böse sein? Du hast eine fantastische Arbeit geleistet, wofür ich dir dankbar bin. Außerdem finde ich es toll, dass du so deinen Freunden hilfst.«

»Na dann bin ich ja beruhig.«

»Ich werde dich bei der Symbolfigur des weihnachtlichen Schenkens für den Eintrag ins goldene Buch der besten Weihnachtsmänner vorschlagen.«

»Hä danke. Ich fahre jetzt kurz bei meiner Freundin vorbei, dann nach Hause und die Feiertage genießen.«

Gerd gab ihr einen Umschlag und sprach:

»Vergiss das hier nicht. Ich habe die vereinbarte Zahlung verdoppelt. Du hast es dir verdient, auch wenn's nicht für dich ist.«

»Danke und frohe Weihnachten.«

»Ja du auch, frohe Weihnachten.«

Ungeniert sah er aus großen traurigen Augen den langen Wollmantel hinterher, bis er in einer Gasse verschwand. Wortkarg stand er da und wortkarg nickte er, drehte sich dabei um und ärgerte sich innerlich.

»Warum habe ich nicht nach ihrer Adresse gefragt oder zumindest nach ihrer Telefonnummer? Sie könnte doch nächstes Jahr wieder …, äh … hm …, erst nächstes Jahr wieder? Na ja, man könnte auch vorher schon mal zusammen essen gehen, oder so? Aber nun … scheiße … dumm gelaufen.«

Gedankenversunken wendete er seinen Blick ab, drehte sich um und sah auf das Schälchen der Katze. Sie war bisher nicht wieder aufgetaucht. Möglicherweise war es ihr zu viel Trubel heute. Aber jetzt ist alles ruhig. Wo bleibt sie nur?

Sein Gesicht verformte sich zu einer einzigen Sorgenfalte. Gleich zwei Probleme an einem Tag und das am Heiligen Abend. Was für ein beschissener Nachmittag.

»Ich werde dich erst mal wieder vernetzen und ins Auto legen«, sprach der zu Abi, seiner reservierten Nordmanntanne. »Zu Hause mache ich dich schick und dann werden wir zusammen Weihnachten feiern, wir beide ganz alleine.«

Er packte seine Utensilien zusammen, stapelte die letzten fünf Tannen übereinander, um der Katze für die nächsten Tage einen warmen Unterschlupf zu bieten, füllte nochmals das Schälchen mit Trockenfutter und bemerkte dann noch kurz:

»Morgen werde ich wiederkommen und nach dem Schälchen sehen.«

Dann fuhr er nach Hause.

14. Und so bekam jeder, was ihm zustand
hasan

Zu Hause stieg er erst mal in den Keller, holte einen Tannenbaumständer mit einem ausreichend großen Wasserbehälter hervor, sowie ein Karton mit Christbaumschmuck.

Nachdem der Baum nun aufgestellt war, konnte mit dem Schmücken begonnen werden. Alles was einem inspiriert, eignet sich als Schmuck, alles was gefällt, ist erlaubt.

Da Wachskerzen verwendet werden, wurden zuerst diverse Kerzenhalter auf die Tannenzweige geklemmt. Viele schwören auf echte Kerzen, da sie den Inbegriff von Romantik darstellen.

Dann kamen die Kugeln an die Reihe, größere erhielten ihren Platz im unteren Bereich, kleine im oberen. Für ein wenig mehr Glamour wurden glänzende in der Nähe von Kerzen platziert, damit sie schön im Licht glitzerten und den Baum heller wirken ließen. Zwischendurch noch einige in den inneren Ästen, was den Baum mehr Tiefe verlieh.

Anschließend noch ein paar Schleifen auf die äußersten Spitzen, ein paar Strohsterne und zum Schluss die Kerzen aufstecken.

Gerd stand vor seinen Baum und betrachtete ihn von allen Seiten. Dann nahm er eine Sprühflasche mit Wasser und sprühte den Baum ein. Dadurch erhöhte er die Luftfeuchtigkeit in der Umgebung der Nadeln, die dann weniger Flüssigkeit verdunsten und somit länger halten.

»So jetzt kriegst du noch ein Schluck Wasser in den Behälter mit einem Schuss Glyzerin, ich hingegen genehme mir ein Glas Wein zum Anstoßen und so werden wir uns dann gegenseitig durchs Weihnachtsfest begleiten«, sprach er zu Abi, der Abies nordmanniana, seiner Nordmanntanne.

Gesagt getan. Er zündete die Kerzen an, setzte sich auf die Couch, erhob sein Glas und sprach zum Baum:

»Frohe Weihnachten.«

Überraschenderweise klingelte es an der Wohnungstür.

»Erwartest du Besuch?«, murmelte er zur Tanne, stellte sein Glas ab, stand auf und ging zur Haustür.

Da er im zweiten Stock wohnte, betätigte er zum Öffnen der Haustür den Knopf an der Gegensprechanlage und warte einen Augenblick. Dann öffnete er die Wohnungstür und wieder mal verschlug es ihm die Sprache.

Sein Blick fiel auf zwei blaue Augen, die anfingen zu glänzen, die, wie Brillanten funkelten, wie die Wellen eines Schwimmbeckens, dessen Oberfläche von der Sonne angestrahlt wurden und plötzlich konnte sein Gesichtsausdruck Geschichten erzählen, wenn er denn irgendwann mal seine Sprache wiederfinden würde.

Vor der Tür stand Louise, der Ex-Weihnachtsmann … äh ne Ex-Weihnachtsfrau und sprach:

»Wenn es dir Recht ist, würde ich gerne den Heiligen Abend mit dir verbringen.«

Dabei spazierte sie an Gerd vorbei, blieb im Flur stehen, setzte ihre Schultertasche ab und starrte dann Gerd mit großen Augen an.

»Willst du mir nicht aus dem Mantel helfen?«

»Wer ich …äh, doch, doch, na klar.«

Er schloss die Wohnungstür, half ihr aus dem Mantel und zum ersten Mal sah er sie ohne diese rote Umhüllung, ohne diesen wollenen Mantel und dem angedeuteten Fritten-Bunker, der sie wie die Wildecker Herzbuben aussehen ließ.

Musternd stand er da und schaute sie von oben bis unten, von unten bis oben an.

Sie trug ein knielanges schwarzes Kleid, was ihre sanduhrgeformte Figur optimal betonte. Was für ein Anblick, was für eine Statur, was für eine erotische Form von dem man nie mehr loslassen möchte, stand da vor ihm.

»Übrigens frohe Weihnachten«, bemerkte er um sein peinliche Schweigen zu überbrücken.

»Wünsche ich dir auch.«

»Wie geht's dem Freund deiner Freundin?«

»Besser, viel besser sogar. Sie danken dir für das großzügige Entgelt.«

»Das war dein Verdienst Louis äh Louise.«

»Mein Name ist übrigens Eva-Louise, aber mehr Eva als Louise, also mehr die Schenkende als die Beschützerin.«

»Okay, mehr Schenkende als Beschützerin. Las uns ins Wohnzimmer gehen!«

»Ich habe hier noch eine Kleinigkeit für dich«, dabei übergab sie ihm die Schultertasche.

»Ey danke, eine Schultertasche. Wow, so was habe ich mir schon immer gewünscht!«

»Lüger! Mach sie lieber auf.«

»Ein Geschenk da drin? Aber ich habe nichts für dich.«

»Das macht doch nichts.«

»Hm, was ist denn da drinnen?«

»Schaue rein, dann weißt du est.«

Er zog vorsichtig den Reißverschluss auf, streckte die beiden Taschenseiten auseinander und wiedermal kam er aus dem Erstaunen nicht heraus. Langsam erhob sich ein Köpfchen, ein fellbesetztes kleines Köpfchen mit aufgerichteten Ohren und schlitzförmigen Pupillen. Es war unverkennbar, die Katze vom Stand.

»Wo hast du die denn her?«

»Ich bin vorhin an deinem Stand vorbeigekommen und da maute das kleine Wesen mich an. Es hatte sich gerade zuvor über das Trockenfutter hergemacht, dass du ihr hingestellt hattest und …, na ja vielleicht vermisste sie die anderen Tannenbäume. Und ich dachte mir, bevor sie da verkümmert …«

»Guter Gedanke«, unterbrach Gerd. »Ich wollte sie schon letztens mit nach Hause nehmen, hatte schon Katzenstreu, Futter und so eingekauft aber auf einmal war sie weg.«

Vorsichtig hob er die Katze aus der Tasche, setzte sie auf den Boden und streichelte sie.

»Na du kleine Katzendame.«

»Kater!«

»Was?«

»Du hast einen Kater!«

»Wer ich? Ich habe doch erst ein halbes Glas getrunken. Wie kommst du darauf, dass ich einen Kater hätte?«

»Ich meine nicht den Zustand nach übermäßigem Alkoholgenuss.«

»Ne, was denn?«

»Ein Kater kann auch verwandt mit einer Katze sein.«

»Ah du meinst, nur weil die Katze beim Pinkeln das Bein hebt, muss es ein Kater sein.«

»Katzen heben grundsätzlich nicht das Bein. Sie sind Sitzpinkler, ob männlich oder weiblich. Das unterscheidet sie von Rüden, die das Beinchen heben und von Männern.«

»Wow, du kennst du aber aus. Ich mache mal eben das Katzenklo für sie äh für ihn fertig und stelle was zum Fressen hin. Danach bringe ich dir was zum Trinken. Fühl dich wie zu Hause, aber lass die Staubflocken zufrieden. Sie sind ein essenzieller Bestandteil dieser Wohnung.«

Während das Katzenklo vorbereitet und das Fressen zubereitet wurde, hatte sich Tommy inzwischen unter der Tanne verkrochen. Vierbeiner können Lametta und andere Fäden nicht widerstehen und auch zu einigen anderen Dekorationsgegenständen fühlen sie sich magisch angezogen.

Doch solange es sich dabei nicht um zerbrechliche Gegenstände handelt, ist die Neugier des Stubentigers auch kein Problem. Aber Tommy hatte anderes im Sinn. Er wollte zu seinem Freund, der Nordmanntanne und so verkroch er sich unter dessen Zweige.

»Hallo Tommy«, begrüßte die Nordmanntanne den Kater. »Wie geht's dir?«

Es ist eine weit verbreitete Form der Frage nach dem Wohlbefinden, doch eigentlich nur eine Plattitüde, um ein Gespräch ins Rollen zu bringen. Die Meisten plaudern dann über Familie, Arbeit, Urlaub aber selten wird die Frage zurückgestellt.

»Hallo Nordmännchen, alles klar?«

»Freu mich auch dich zu sehen.«

»Ja ich auch.«

»Siehst du, nun bist doch in einer warmen Wohnung gelandet. Was hattest du damals gesagt? Einer, der so rumläuft wie der Weihnachtsmann soll dir ein Zuhause vermitteln? Als Dank würdest du eine rote

Kutte tragen und ihm helfen Geschenke auszutragen. Und?«

»Was und?«

»Bist du nun zum Geschenkeaustragen verdonnert worden?«

»Nein.«

»Hast du eine rote Kutte von dem Weihnachtsmann bekommen?«

»Nein, aber ich hatte dir auch gesagt, dass rot was für Mädchen ist und wie Recht ich mal wieder hatte, das war eine verkleidete Weihnachtsfrau. In dem roten Ding sah sie aus wie ein Elefant im Nachthemd. So ohne diesen feurigen Poncho sieht sie gleich viel besser aus.«

»Ja das finde ich auch.«

»Ach schön gemütlich ist es hier unten. Mhm … Ey dein Stamm steht ja im Wasser. Kriegst du da nicht kalte Füße? Wird dir der Stamm da nicht schrumpelig?«

»Nein, das muss so sein, damit ich länger frisch bleibe und …, na ja ab und zu habe ich ja auch mal Durst.«

»Kriege ich n' Schluck ab?«

»Weiß nicht, ob es gut für dich ist. Da ist so ein Frischhaltemittel drin. Aber du hast sicherlich einen eigenen Napf irgendwo stehen. Muss dich mal umsehen.«

»Später! Ich brauche erst mal eine Mütze voll Schlaf, muss meine Augen pflegen.«

»Tu das.«

Gerd kam ins Wohnzimmer und hatte zwei Cherrygläser in der Hand. Eins reichte er Eva und sprach:

»Voll cremig, macht extra lustig. Ist aus Qualitätseiern aus Bodenhaltung hergestellt worden.«

»Was Eierlikör? Das Zeug hat Millionen von Kalorien. Da brauche ich nur dran nippen und schon sehe ich morgen aus, wie ein Michelin-Männchen.«

»Das wusste ich nicht, ich dachte nur …? Na ja Nobody ist perfect und mein Name ist Nobody. Lieber ein Glas Wein?«

»Nein, nein ich trinke den schon. War doch nur ein Scherz.«

»Schönen Baum hast du«, bemerkte Eva. »Das ist der Reservierte, das sieht man sofort?«

»Woran erkennst du das?«

»Vielleicht an dem Schildchen, dass oben an der Spitze noch hängt?«

»Oh, das habe ich ganz vergessen abzumachen. Aber mal eine ganz andere Sache. Wie kommst du auf die Idee, mich zu besuchen?«

»Irgendwie haben mir deine Selbstgespräche gefehlt.«

»Ha-ha-ha. Ich habe keine Selbstgespräche geführt. Ich habe mich nur mit den Tannen unterhalten. Sie sind auch Lebewesen …«

»Ich weiß«, hauchte sie und hielt ihren Zeigefinger vor seinem Mund. Dann kam sie ihm immer näher und als ihre weichen Lippen die seinen fanden, drohte auf einmal sein Herz aus der Brust zu springen. Es war ein Kuss voller Leidenschaft, Zartheit und Gefühlen, verheißungsvoll und intensiv.

»Wow«, sagte er, nachdem sie sich aus der Umarmung gelöst hatten. »Das habe ich ja schon eine Ewigkeit nicht mehr gespürt.«

»Gefiel dir das etwa nicht?«

»Doch, doch natürlich klar. Es ist nur …, ach egal.«

»Was egal?«

»Na ja, ich könnte mich daran gewöhnen.«

Ja, es war wie ein Lippenbekenntnis, wie die romantische Darstellung einer Zuneigung und es fühlte sich wundervoll und aufregend an, irgendwie wie ein schönes Weihnachtsfest.

Und damit ist auch schon die Geschichte am Ende. Der Dieb hatte sich besonnen, seine Schuld einzubüßen; Kinderaugen wurden zum Strahlen gebracht; der spezielle Tannenbaumwunsch wurde erfüllt, die kleine Katze bekam ein warmes Zuhause und auch Gerd konnte wieder lernen, eine Frau zu lieben. Nur die Nordmanntanne, sie verließ unter starken Nadelverlust irgendwann im Januar das Wohnzimmer.

Doch im nächsten Jahr und das weiß ich genau, wird wieder ein Tannenbaum da stehen, der vorher mit seinesgleichen eingenetzt darauf wartet, Freude in einem Haushalt zu verbreiten. Und so wird es jedes Jahr sein.

Weitere Bücher des Autors, zu beziehen über www.bod.de oder über Buchhandel mit ISBN 978-3-7528-4126-8

Primär wurde der Schlitten des Weihnachtsmannes seinerzeit von nur einem Rentier gezogen. Doch da immer mehr Kinder auf die Welt kamen und damit auch eine kontinuierliche Steigerung bei der Herstellung von Spielwaren zu verzeichnen war, wurde der Schlitten zunächst von zwei

Rentieren gezogen, dann von vier, von sechs und schließlich von acht.

Letztendlich reichte auch das nicht aus und so suchte man nach geeigneten Rentieren, brachte sie zum Nordpol, wo sie in Konkurrenz zueinander an einem Wettbewerb teilnehmen sollten. Unter ihnen befand sich ein kleines Ren, dass wahrscheinlich aufgrund seiner leuchtenden Nase von der Herde verstoßen wurde. Der Stallwichtel verheimlichte das Wesen, kümmerte sich um ihn, nannte es Rudolph und lehrte ihm sogar das Fliegen.

Als in der Endausscheidung des Wettbewerbes, die auf ungewöhnlicher Art und Weise stattfand und nicht ganz den Regeln des Crazy Reindeer Race entsprachen, keines der Rentiere das Ziel erreichte, trat plötzlich Rudolph mit seiner leuchtenden Nase in Erscheinung.

ISBN 978-3-7412-4216-8

Seit Generationen schon reist ein Mann namens Santa Claus im rot/weißen Kostüm, mit Rauschebart, Brille und einem gütlichen Lächeln am Heiligabend durch die Gegend und beschenkt brave Kinder. So entstand mit der Zeit der Eindruck, dass Santa Claus unsterblich wäre.

Tatsächlich aber muss auch Santa Claus für die Evolution mit der Fortpflanzung sorgen, denn nur so kann er die Identität des Weihnachtsmannes von Generation zu Generation weitergeben, damit die Weihnachtsdynastie nicht ausstirbt.

Auf der Suche nach der entsprechenden Partnerin landete er beim Speed Dating, beim Blind Date, bei Kontaktanzeigen bis hin zur Singlebörse für Partnersuchende im Internet. Doch das alles brachte nichts, bis ihm eine Elfe auffiel, die als Einzige in einem Pulk ihres Gleichen wie eine einzelne Blume auf einer grünen Wiese herausschaute.

Hier dein Kaffee …, mit wenig Zucker … aber viel Sahne, waren die wundervollen Worte, die ihn irgendwann … den Kopf verdrehten und sein Herz wie eine Nähmaschine rattern ließ.